J.H. Grandmontagne

AF204341

Die Lösung
Eine Nahost-Vision

Gewidmet
Juliano Mer-Khamis
dem Sohn einer jüdischen Mutter
und eines palästinensischen Vaters
der den Tod fand, weil er sich mutig
für ein friedliches Miteinander
der beiden Völker einsetzte

J.H.Grandmontagne

Die Lösung

Eine Nahost-Vision

c 2012 Jürgen Hofman-Grandmontagne
Verlag: tredition GmbH, Hamburg
ISBN 978-3-8491-2101-3
Printed in Germany

SZENE I

Palästina um das Jahr 2050. Siedlung bei Jericho. Terrasse eines Cafés mit Blick auf Alt-Jericho.

Ahuva, ein älterer Herr mit weißem Haar und Bart, in ziviler Kleidung und David, ein junger Mann in Armeeuniform sind die einzigen Gäste. Sie haben Kaffeetassen vor sich auf dem Tischchen, David raucht eine Zigarette.

David: *(deutet auf die Kuppel einer Moschee)* Seit ich im Lande bin, ärgert mich dieser Anblick. Und noch mehr das Geplärr, das von den Minaretten kommt.
Ahuva: Dich stört noch immer alles Arabische?
David: Ja. Warum haben wir diese Leute nicht aus unserem Lande gejagt nach den Kriegen, die sie angezettelt und so haushoch verloren haben? Es war doch eine überschaubare Zahl!
Ahuva: Natürlich. Am Anfang nicht mal eineinhalb Millionen. Man hat tatsächlich daran gedacht. Aber auch an die Reaktionen der Welt, insbesondere der arabischen.
David: Die hätten uns doch egal sein können! Die Araber sind trotzdem unsere Feinde geblieben! Und der Rest der Welt, der uns nicht mochte, hatte immer genug mit sich zu tun. Hauptsache war doch, die USA auf der Seite zu haben!
Ahuva: Es gibt da immer noch die Menschenrechte. Wir hätten millionenfach dagegen verstoßen. Auch die Palästinenser hatten ein Recht auf Heimat.
David: Die Palästinenser sind Araber und lange nach uns ins Land gekommen. Mehr als tausend Jahre vor ihnen waren wir schon da!
Ahuva: Und dann fast zweitausend Jahre so gut wie nicht mehr. Inzwischen wurde das Land auch den Muslimen heilig. Du hast vielleicht schon mal gehört, dass die Araber Abraham ebenso wie wir als ihren Stammvater ansehen, ja als einen der ersten

5

Propheten betrachten...

David: Mit welchem Recht? Das ist doch Unsinn! Ihr Prophet hat seine sogenannten Offenbarungen nur von uns abgeguckt und dann so verdreht, wie es ihm für seine Leute gut erschien.

Ahuva: Du redest grad, als ob du was von Religion verstündest. Soviel ich weiß, bist du nicht eben fromm!

David: Das stimmt. Ich hab' Respekt vor unserem Glauben, doch vor allem bin ich Zionist. Mit den altmodischen Lockenträgern, die den ganzen Tag nur die Thora und den Talmud studieren und sonst nichts tun als Kinder zeugen, hab ich nichts im Sinn. Am liebsten würden sie dem ganzen Land ihre total anachronistischen Regeln aufzwingen, verweigern aber den Wehrdienst, verachten unsere Flagge, leben jedoch ungeniert auf unsere Kosten!

Ahuva: Na ja, das ist wohl eher eine kleine Gruppe, auf die das zutrifft: die strengen Orthodoxen. Man muss sie von den toleranteren Konservativen unterscheiden. Die aber waren es, denen das Judentum sein Überleben in der Fremde, in der Diaspora verdankt.

David: Mag sein. Sie haben es, durch ihr skurriles Äußeres und kontrastierendes Verhalten, dem Mob in ihren Gastländern jedoch auch leicht gemacht, sie zu erkennen, auszunehmen, sie zu bedrücken oder umzubringen.

Ahuva: Das ist tatsächlich ein Aspekt. Doch hat das Festhalten der Tradition auch unsere Identität, unsre Erinnerung an unsre Herkunft, an dieses heilige Land erhalten. Schließlich zu seiner Neubesiedlung und zur Errichtung eines neuen Staatswesens geführt!

David: Soviel ich weiß, waren daran die Frommen am wenigsten beteiligt. Diesen Staat begründeten die Zionisten. Heute freilich haben sie nicht mehr allein das Sagen, der Religiösen Einfluss ist ständig am Wachsen …

Ahuva: Das ist wahr.

David: Das andere Problem sind die Araber. Die haben sich noch mehr vermehrt als unsere frommen Juden.

Ahuva: Richtig. In den vergangenen Jahrzehnten ist ihre Zahl unwahrscheinlich gestiegen. Ein weiser Mann hat das vorausgesagt, als man noch glaubte, man könnte einen rein jüdischen Staat errichten. Doch der Versuchung, ein neues Groß-Israel zu erschaffen, konnten unsere Regierungen nicht widerstehen. Entgegen jedem Menschen- und Völkerrecht ...

David: Was heißt hier Völker- und Menschenrecht! Wir wurden mehrmals angegriffen von einer Welt von Feinden, haben uns durchgesetzt und uns dann nur genommen, was uns schon immer gehört hat: zwei uralte Provinzen. Und haben nicht einmal die Leute, die dort in primitiven Dörfern und in verkommenen Städten hausten, zu ihren Brüdern umgesiedelt.

Ahuva: Doch ihren Lebensraum stark eingeschränkt! Wir haben einen großen Teil von ihrem Land für unsere Siedlungen und Straßen weggenommen, sie in ihren Orten eingemauert und ihnen kaum die Möglichkeit zur einer Fortentwicklung gelassen. So konnten sie, was unsere Absicht war, kein selbständiges Staatswesen errichten.

David: Das hätte noch gefehlt! Wenn ihnen unsere Politik nicht passt, warum sind sie dann nicht freiwillig weggezogen? Nach Jordanien, Syrien, Ägypten oder anders wohin in Afrika? Da wäre Platz genug gewesen und ist es noch! Ich habe gehört, dass man in dem dicht besiedelten Deutschland nach dem Krieg, den es verloren hatte, mehr als zehn Millionen Menschen aus seinen Ostgebieten aufgenommen hat. Wie du gesagt hast, gab es nicht mal zwei Millionen Araber in Palästina, als wir Israel gründeten. Die wären doch mit Leichtigkeit in den verschiedenen Nachbarländern aufgegangen. Aber nein, sie mussten unbedingt hier bleiben, in einem Land, das nicht einmal sehr fruchtbar ist. Weiden für Schafe und Olivenbäume gibt es überall ums Mittelmeer. Ich verstehe nicht, warum sie an diesem Fleck Erde so stark hängen, wo sie hier gar keine Traditionen haben!

Ahuva: Das sehen sie wohl anders. Denke nur mal an Jerusalem!

Es ist für sie seit eineinhalb Jahrtausenden auch ein hochheiliger Ort!

David: Das kann man doch mit unseren Ansprüchen nicht vergleichen! Für uns ist beinah jeder Stein in diesem Lande heilig!

Ahuva: Das sagst du, der nicht glaubt. Und ganz so ist's auch nicht. Du wohnst in einer Neubausiedlung, die gar nichts Heiliges an sich hat. Und führst, wie viele hier im Land, ein ganz normales Leben. Nicht anders, als du es vermutlich in den Staaten geführt hättest.

David: Das weiß ich nicht. Ich war ja noch ganz jung, als meine Eltern hergezogen sind. Sie hatten immer davon geträumt, in die Heimat unserer Vorfahren zurückzukehren und bei ihrem Wiederaufbau mitzuwirken. Darin sehe auch ich meine Lebensaufgabe.

Ahuva: Hm. Was stellst du dir konkret darunter vor? Kibbuzim gründen, Straßen, Städte bauen – das alles ist vorbei. Es kommen kaum noch Immigranten, im Gegenteil: Es wandern immer mehr Einwohner aus. Nur der arabische Bevölkerungsanteil erhöht sich ständig ...

David: Das ist es eben, was so viele stört. Dagegen muss man endlich etwas Effektives unternehmen!

Ahuva: Was denkst du, kann man tun?

David: Die Geburten kann man wohl nur schwer beschränken, man müßte schon die Araber sterilisieren. Doch könnte man sie umsiedeln, in ihre Bruderländer ausweisen.

Ahuva: Ein paar Millionen? Wie soll das denn gehen? Wir haben keine Gestapo und auch keine SS. Und was, glaubst du, würde die Welt zu solch Vorgehen sagen?

David: Ach, alter Mann, du nervst! Du redest, als gehörtest du zu den Araberfreunden.

Ahuva: Was wäre daran so verwerflich? Ich bin ein Menschenfreund. Doch lasse ich dich jetzt, du wartest ja auf deinen Kameraden. *(Er erhebt sich, klopft David versöhnlich auf die Schulter und verlässt das Lokal)*

SZENE II

Der gleiche Ort.
Nadiv, ein Kamerad von David, ebenfalls in Uniform, betritt die
Terrasse. Er geht auf David zu und umarmt ihn.

Nadiv: Schalom, David!
David: Schalom, Nadiv! Schön, dass du endlich da bist.
Nadiv: Wartest du schon lange?
David: Nein, nein, das ist es nicht. Ich hatte nur grad ein Gespräch, das mich geärgert hat.
Nadiv: Wieso?
David: Ach, ich traf einen alten Herrn, einen Bekannten meiner Eltern. Er ist so ein Friedensheini, der die Araber verteidigt. Aber lassen wir das, reden wir von was Erfreulicherem. Du warst in Tel Aviv? Erzähle mal!
Nadiv: Na ja … Der Strand ist immer wieder schön, aber allein wird's dort bald langweilig. Die hübschen Mädchen sind meist vergeben, in Begleitung. Da ist 's schwer, etwas halbwegs Attraktives, das noch solo ist, zu finden.
David: Es gibt doch auch noch andere Möglichkeiten …
Nadiv: Du meinst die Eros-Center? Zu teuer. Und dann will man doch ein bisschen länger Spaß haben. Es bleibt nur die Disco.
David: Na also, hast doch was erlebt. Berichte!
Nadiv: Hm. Du weißt ja, wie es da zugeht. Erst hängst du rum, nippelst an deinem Drink und wartest, dass es losgeht. Wenn du am Tag nicht geschlafen hast, bist du müde, bevor es richtig anfängt.
David: Ich weiß … Ich hab das mehrmals durch. Aber dann …
Nadiv: Ja, dann, nach Mitternacht, kommt schon Leben in die Bude. Die Musik ist gut, und zum Tanzen findest du dann schon ein Mädchen.
David: Das klingt nicht so, als ob du dich gut amüsiert hättest.
Nadiv: Stimmt. Erst, als ich den Stoff intus hatte, ging's mir

9

besser.

David: Du hast Drogen genommen?

Nadiv: Na und? Das tun doch fast alle! Es macht das Leben für ne kurze Zeit erträglicher.

David: Findest du es denn so unerträglich?

Nadiv: Zuweilen schon. Ich bin mir nicht mehr sicher, für wen wir dieses Land noch schützen. Die Ultrareligiösen haben längst viel zu viel Macht gewonnen. In Jerusalem zum Beispiel, wo's mal die besten Discos gab, ist nichts mehr los. Alles was Spaß gemacht hat, ist dort verboten. Ist in der Halacha nicht vorgesehen. Am Schabbat ist alles zu, nicht mal die Busse fahren. An den anderen Tagen dürfen die Frauen, schön vermummt, nur hinten einsteigen. Es ist schlimmer als bei den Muslimen. Am liebsten hätten diese Irren einen Gottesstaat, wie es ihn im Iran mal gab. Dort hat man ihn längst wieder abgeschafft, und hier … Es ist zum Kotzen!

David: Ich sehe das ja ähnlich, aber es gibt Dinge, über die man sich noch mehr aufregen kann. Dir fehlt im Augenblick 'ne Frau – das ist dein Problem. Wenn du sie gefunden hast, sieht die Welt wieder ganz anders aus, glaub' mir!

Nadiv: Wie du redest! Hast ja selber keine!

David: Vermisse sie aber auch nicht. Wichtiger ist mir vorerst der Dienst. Wir werden doch gebraucht.

Nadiv: Ja? Als was denn? Als Grenzposten, Passkontrolleure, Sicherheitspolizei und Ordnungshüter in den arabischen Gebieten. Gut, es gibt noch Panzerfahrer und Flugzeugpiloten, doch seh ich keine Feinde mehr, die uns bedrohen. Die Staaten um uns herum haben sich zu friedlichen Demokratien entwickelt, von denen keine mehr unsere Existenz in Frage stellt. Allenfalls unsere antiquierten politischen Strukturen. Selbst die Iraner sind vernünftig geworden, trotz ihrer Atombombe.

David: Ich bin mir nicht so sicher, dass die Gefahr für uns vorüber ist. Es braucht nur irgendwo so ein Idiot zur Macht zu kommen, wie einst der Hitler oder der Khomeini …

Nadiv: Das wäre dann Kismet. Die absolute Sicherheit gibt es nie auf der der Welt.

David: Und deshalb müssen wir weiterhin auf der Hut sein. Das ist der Grund, weshalb ich ohne moralische Bedenken meinen Dienst verrichte. Im Gegenteil, ich mach ihn gerne.

Nadiv: Da bist du zu beneiden. Mir macht es schon lange keinen Spaß mehr, in die meistens undurchschaubaren Gesichter dieser Menschen zu sehen, die wir in Schach halten. Kaum einer zeigt Empfindungen uns gegenüber, allenfalls mal ein paar Jugendliche, die aus irgendeinem Anlass Steine schmeißen. Mir scheint es oft, als hätten sie sich mit den gegenwärtigen Verhältnissen, mit unserer Vorherrschaft in diesem Land, für immer abgefunden. Als glaubten sie, dies sei die ewige Weltordnung.

David: Schön wenn's so wäre. Was hatten wir für Probleme mit diesen fruchtlosen Intifadas! Immer nur Tote auf beiden Seiten, zum Glück bei uns nicht so viele wie bei ihnen. Aufgehört hat diese Töterei erst nach dem Bau der Mauer.

Nadiv: Stimmt. Doch hat uns dieses scheußliche Bauwerk nicht grad beliebter in der Welt gemacht. Und auf der anderen Seite diesen eigenartigen Menschentyp hervorgebracht.

David: Ist die Befindlichkeit der Araber unser Problem? Ich sag es immer wieder: Statt sich einmauern zu lassen, hätten sie doch gehen können. Wir hätten ihnen sogar gern dabei geholfen, ihnen noch die Fahrzeuge für ihren Krempel gestellt. Doch die wollten einfach nicht!

Nadiv: Statt dessen haben sie sich unglaublich vermehrt, in dieser Enge! Immer, wenn man in ihren Städten oder Dörfern patrouilliert, denkt man, die müssten doch längst überquellen, bei diesen Menschenmengen. Vor allem die vielen Kinder!

David: Die bei uns nur die strengen Religiösen haben. *(Brummt vor sich hin:)* Und die echten Zionisten werden immer weniger.

Nadiv: Ja, die Zeiten sind vorbei, wo die Russen zu

11

Zehntausenden ins Land strömten, oder auch die Afrikaner aus Äthiopien ...

David: Na, die letzteren haben uns mehr gekostet als genutzt. Ich habe neulich in einem Bericht gelesen, was sich da abgespielt hat. Viele, vor allem von den Alten, waren Analphabeten, haben unsere Sprache nicht mehr gelernt und sind überhaupt nicht zurechtgekommen.

Nadiv: Nomaden, Ziegenhirten ... Aus der Stammesgesellschaft in die Moderne verpflanzt – kein Wunder.

David: Komisch. Als unser Staat gegründet wurde, ging's grad andersrum. Da konnte man mit den vielen Intellektuellen nichts anfangen, schickte sie auf die Felder oder beschäftigte sie mit Hilfsarbeiten beim Bau ...

Nadiv: Wo sie sich dann die Ziegelsteine zureichten mit den Worten „Bitte schön Herr Doktor, danke schön Herr Professor!"

David: *(sich plötzlich umblickend)* Verdammt leer, der Laden. *(winkt dem Inhaber des Cafés, der herantritt)* Sag mal, ist hier immer so viel Betrieb?

Der Inhaber: Es gibt schon Tage, an denen mehr los ist. Aber es wird immer schwieriger durchzuhalten. Ihr wisst ja selbst, wieviele Wohnungen in den abgelegeneren Siedlungen heute leer stehen. Die alten Mieter sterben oder gehen in die Heime, und junge kommen nicht nach. Die zieh'n es vor, in Tel Aviv oder anderswo an der Küste zu bleiben, wo mehr Leben ist. Hier stört die Nähe zu den Araberorten, der unschöne Blick auf die Mauern und die langen Wege in die Städte ... Ich habe schon Kontakt zu einem Makler aufgenommen, der mir ein Lokal in Ashqelon vermitteln will.

David: Ashqelon ... Das ist doch ganz nahe am Gazastreifen!

Der Inhaber: Na und? Dort fliegen schon seit Jahren keine Raketen mehr rüber. Seit das Gebiet an Ägypten angeschlossen ist, hat es sich enorm entwickelt. Der arabische Frühling vor dreißig Jahren hat auch dort Erstaunliches gezeigt. Mein Schwager lebt dort unten, in Sderot, wo er eine Autowerkstatt hat.

12

Was der erzählt!

Nadiv: Er lebt doch auf dieser Seite der Grenze!

Der Inhaber: Richtig, und die Grenze ist auch noch befestigt. Doch sie ist recht durchlässig geworden. Er kauft viel drüben ein und ist immer wieder beeindruckt, wie sich dieser schmale Landstreifen entwickelt hat. Nicht zuletzt ist es dem ausgebauten großen Hafen zu verdanken, aber auch der neuen Industriestadt, die die Ägypter gleich nebenan auf dem Sinai errichtet haben. In der ganzen Region herrscht eine unglaubliche Aufbruchstimmung. Am liebsten würde mein Schwager dorthin übersiedeln, denn auf unserer Seite ist es viel ruhiger. Nicht ganz so wie hier, doch dort fehlt's ebenfalls an jungen Menschen …

SZENE III

Ein Kontrollposten in der Nähe von Alt-Jericho. Man sieht ein Stück Mauer, einen Wachtturm, eine Schutzhütte. Die Kontrollstelle ist von zwei Seiten einzusehen.
Auf der israelischen stehen schwerbewaffnete Soldaten herum, die rauchen und kauen. Nadiv und David lehnen gelangweilt an der Wand der Hütte.

David: Das waren noch Zeiten, als wir in sechs Tagen den Golan, die Westbank und den ganzen Sinai eroberten!

Nadiv: Du redest, als ob du dabei gewesen wärest. Selbst dein Großvater dürfte da noch nicht im wehrfähigen Alter gewesen sein – wenn er überhaupt schon gelebt hat. Und wenn, dann ließ er es sich noch in den Vereinigten Staaten gut gehen. Eure Familie war doch reich, wie du erzählt hast. - Warum ist dein Vater eigentlich in dieses problematische Land ausgewandert?

David: Er hat erst lange Zeit das neue Israel mit seinen Spenden unterstützt – wie viele Amerikaner. Dann ist er einmal hergefahren, hat sich umgeschaut und beschlossen, mit uns für immer hier zu leben. Er fand, das Leben hätte hier noch einen Sinn. In den Staaten ging es uns zwar gut, doch offenbar war es ihm dort einfach zu langweilig geworden. Hier hingegen gab es für einen unternehmerischen Geist noch reichlich Aufgaben.

Nadiv: Die hat er ja im Aufbau seiner Firma offensichtlich gefunden. Du hingegen scheinst dich weniger fürs Bauwesen zu interessieren, da du dich für die militärische Laufbahn entschieden hast?

David: Fürs Erste jedenfalls. Ich möchte meinem Land aktiver dienen. In die Firma meines Vaters kann ich später immer noch einsteigen. Vorerst ist mir der Dienst mit Waffen wichtiger. Ich möchte helfen, die Position der Araber weiter zurückzudrängen. Ich sage immer wieder, man sollte sie endlich ganz aus dem Lande jagen.

Nadiv: *(spöttisch)* Vorerst scheint man so was nicht vorzuhaben. Du musst dich wohl mit diesem langweiligen Wachedienst weiter zufriedengeben.

David: Etwas mehr Action wäre mir natürlich lieber. Doch es gibt ja heute kaum noch Attentäter auszumerzen.

Soldat: *(Ist aus der Wachhütte gekommen und hat den letzten Teil des Gesprächs mitgehört)* Stimmt nicht ganz. Eben kam die Meldung, dass man in Hebron einen Anschlag grade noch verhindern konnte, indem man den Mann rechtzeitig erschoss. Wir sollen die Augen aufhalten und verstärkt auf Besonderheiten achten ...

(Auf der palästinensischen Seite des Postens erscheint ein altes Auto und fährt langsam auf die Soldaten zu. Die gehen mit schussbereiten Waffen darauf zu und schreien „Anhalten! Aussteigen!“ Zwei junge Frauen mit Kopftüchern steigen aus. Der Fahrer bleibt noch im Wagen und wendet sich nach hinten.)

David: *(schreit den Fahrer an)* Aussteigen, haben wir gesagt! Verstehst du kein Hebräisch?

Die Frauen: *(rufen durcheinander)* Tut ihm nichts! Wir haben

14

ein krankes Kind im Wagen und müssen dringend nach Ramallah! **David**: Das interessiert mich nicht. Los. Eure Papiere! *(zu dem Fahrer)* Und du, Mustafa, kommst endlich raus, oder willst du erst noch eine Bombe zünden?

Der Fahrer: *(steigt langsam aus und sagt)* Ihr könnt nichts als uns zu schikanieren! Überzeugt euch selbst, dass es dem Jungen nicht gut geht! Er hat starke Bauchschmerzen und muss ständig erbrechen!

David: Das muss ich auch, wenn ich euch schon sehe. Komm, nimm schön die Hände hoch und stell dich dort gegen die Wand!

(Der Fahrer folgt der Aufforderung und flucht auf Arabisch)

David: Was hast du zu räsonieren , du Hammelfresser? *(Er stößt ihn mit dem Kolben der Waffe gegen die Brust. Der Mann bleibt einen Augenblick stumm und schaut David erschrocken an. Dann schreit er:)*

Der Fahrer: Ich habe nichts getan, lass mich in Ruhe, du Arschloch! Das Kind muss dringend zum Arzt! *(Bei diesen Worten macht er eine unwillkürliche Bewegung, als wolle er zurück zu dem Wagen)*

David: *(wütend)* Du hast einen israelischen Soldaten beleidigt! Hier hast du die Quittung!

(Er richtet die Waffe gegen die Beine des Mannes. Nadiv will sie ihm aus der Hand schlagen, doch in diesem Moment löst sich ein Schuss und trifft die Brust des Palästinensers. Der bricht zusammen. Die Frauen schreien auf und laufen auf den Verletzten zu. David hebt die Waffe erneut und richtet sie auf die beiden)

David: Bleibt stehen oder ich knalle euch ab wie euren Kumpan!

(Eine der beiden Frauen bleibt stehen und schlägt die Hände vor das Gesicht. Die andere läuft auf David zu und will sich auf ihn stürzen. Dabei schreit sie:)

Jamina: Das ist mein Vater! Er hat nichts getan, und du bringst ihn um, du verdammter Mörder!

David:*(stößt sie so heftig von sich, dass sie zu Boden fällt)* Die

15

Mörder seid ihr! Ihr seid doch alle Terroristen! Und nun haut ab – um den Mann hier kümmern w i r uns weiter. *(Er zeigt auf den verletzten Fahrer, der reglos am Boden liegt)*

(Mariam, die andere junge Frau, hilft der weinenden Jamina auf und nimmt sie in die Arme. Dann wirft sie einen langen, verachtenden Blick auf David und geht mit Jamina zum Wagen. Dort holen sie gemeinsam das Kind heraus, einen dreijährigen Knaben. Mariam nimmt ihn auf die Arme und geht langsam, gefolgt von der weinenden Jamina, zurück in die Richtung, aus der sie mit gekommen waren. Einige der Soldaten gehen zu dem alten Auto und beginnen, es zu durchsuchen.)

Nadiv:*(zu David)* Warum hast du das getan? Der Mann hatte keine Waffen!

David: Das kann man doch nicht wissen. Er könnte ja eine Bombe am Körper tragen. Oft genug hat man das ja erlebt.

Nadiv: Kannst du dich an das letzte Mal erinnern? Seit Jahren ist das nicht mehr vorgekommen.

David: Ach, und warum sind wir eben aufgefordert worden, unsere Wachsamkeit zu erhöhen? Hat man nicht in Hebron grade einen Anschlag verhindert?

Nadiv: Noch wissen wir nicht genau, was dort vorgefallen ist. Dennoch, du hast sehr übereilt gehandelt! Das wird Ärger geben.

David: Wieso? Erstens bist du schuld daran, dass der Schuss in die Brust ging, wo ich doch auf die Beine gezielt habe. Und zweitens habe ich nur mein Land verteidigt. Der Mann war aggressiv, die anderen können das bezeugen.

(Einige der anderen Soldaten, die die beiden umstehen, nicken. Einer legt David die Hand auf die Schulter und sagt:)

Soldat: Die haben so viele von unseren Leuten umgebracht, da ist es nicht schade um so einen. *(Er deutet auf den am Boden liegenden Palästinenser, den ein Sanitäter untersucht.)* Beruhige dich, wir werden bezeugen, dass du angegriffen wurdest.

Nadiv: Das Problem ist ein anderes. Die Angehörigen und Freunde dieses Mannes werden das Vorgefallene nicht so einfach hinnehmen. Es wird Aufruhr geben.

Ein anderer Soldat:*(deutet in die Richtung, aus der das Auto gekommen war)* Es geht schon los! Da kommen die Ersten. Ich werde Hilfe anfordern! *(Er betätigt sein Funkgerät, während die anderen Tränengasbehälter zurechtstellen und ihre Waffen entsichern. Es kommen immer mehr Palästinenser auf die Soldaten zu, zunächst schweigend. Als sie auf etwa zwanzig Schritt herangekommen sind, schlagen die Soldaten ihre Maschinenpistolen an und schreien:)*

Soldaten:*(durcheinander)* Halt! Keinen Schritt weiter! Was wollt ihr? Macht euch nach Hause!

(Ein graubärtiger alter Mann tritt einige Schritte vor und sagt in höflichem Ton, aber mit fester Stimme:)

Alter Mann: Wir sind unbewaffnet und wollen unseren Toten holen!

Soldat: Der Mann bleibt so lange hier, bis wir ihn untersucht haben. Ihr erfahrt rechtzeitig, wann ihr ihn wiederhaben könnt.

Alter Mann: Ihr kennt unsere Regeln. Wir müssen ihn morgen begraben.

Soldat: Eure Regeln interessieren uns nicht. Ihr geht jetzt zurück, oder wir machen euch Beine! *(Er fuchtelt mit der Maschinenpistole herum. Da die Palästinenser sich nicht rühren, feuert er einige Schüsse in die Luft. Daraufhin weichen die Leute laut murrend langsam zurück.)*

Alter Mann: Was seid ihr für Menschen! Möge Allah euch vergeben. *(Er dreht sich um und entfernt sich mit den anderen.)*

SZENE IV

Palästinensisches Haus in Aqabat Jabr bei Jericho.Zwei kleine Räume. *Jamina und Mariam, ihre Freundin, bemühen sich um den kranken Knaben, der auf einer Matratze liegt. Sie machen*

Umschläge auf seinen Bauch.

Mariam: Vielleicht ist es keine Blinddarmentzündung. Und wenn, helfen oftmals auch kalte Kompressen. Ich hab ja Krankenschwester gelernt. Man operiert heute nicht immer gleich, versucht erst mal konservativ, die Entzündung zurückzudrängen.
Jamina: Und wenn das nicht gelingt? Dann wird Hussein sterben wie sein Vater! *(Sie weint. Mariam nimmt sie in die Arme.)*
Mariam: Wir müssen auf Allah vertrauen!
Jamina: Warum sollte er jetzt helfen? Er hat nicht verhindert, dass sie meinen Vater umgebracht haben. Er lässt es zu, dass wir seit Menschengedenken wie in einem großen Gefängnis leben. Dass wir uns nicht frei bewegen können – nicht einmal ohne Erlaubnis ins nächste Krankenhaus fahren dürfen! Selbst das hängt ab von der Laune der israelischen Soldaten. Es ist doch unser Land! Sie aber spielen sich auf, als ob wir welche sind, die nicht hierher gehören. *(Sie legt dem Knaben einen neuen Umschlag auf.)*
Mariam: Sie haben nun mal die größte Armee der Region, und damit die Macht. Aber ewig wird das nicht so weitergehen. Wir sind inzwischen zu zahlreich geworden, um mit uns noch lange solchermaßen umspringen zu können. Und zu gut organisiert. Es ist nur eine Frage der Zeit, dass sie sich mit uns auf gleicher Basis arrangieren müssen. Die Welt hat sich ja in den letzten dreißig Jahren sehr verändert.
Jamina: Du meinst, weil Amerika nicht mehr so mächtig ist?
Mariam: Zum Beispiel. Mittlerweile setzen sich sogar die Inder und Chinesen für uns ein, und auch unseren Nachbarstaaten ist nicht mehr gleichgültig, wie wir hier leben müssen. Sie unterstützen uns viel mehr als früher, seit sie demokratische Regierungen haben.
Jamina: Das stimmt. Aber noch müssen wir uns so viel Unrecht gefallen lassen! Sie töten nach Belieben und werden nicht einmal dafür bestraft! *(Sie weint wieder)*

18

Mariam: Na ja, es ist nicht mehr ganz so wie früher. Das heute war wohl eher eine Ausnahme. Ich weiß nicht, warum dieser verrückte Kerl auf deinen Vater geschossen hat. Nach seinen Reden muss er einen ziemlichen Hass auf uns haben. Vielleicht kommt er aus einer dieser fanatischen Siedlerfamilien, die für die Araber nur Verachtung haben. Immerhin, sein Kamerad hat ja vesucht, ihn zurückzuhalten.

Jamina: *(bitter)* Und hat dadurch vielleicht erst Vaters Tod verursacht! - *(Sie wischt dem Kranken den Schweiß von der Stirn)* Hussein hat nicht wieder erbrochen. Aber wir sollten doch lieber nochmal den Arzt holen, auch wenn der nicht operieren kann.

Mariam: Ja, du hast recht. Gehst du?

Jamina: Ja. *(Sie bindet sich ein Tuch um und verlässt den Raum. Nach einigen Augenblicken kehrt sie aufgeregt zurück.)* Die Straßen sind voller Soldaten! Und ich habe Schüsse gehört! Was wollen die denn jetzt hier? Allah möge verhüten, dass sie wieder Häuser zerstören!

Mariam: Warum sollten sie? In unsere Stadt gibt es schon lange keine Attentäter mehr.

Jamina: Du weißt so gut wie ich, dass der kleinste Zwischenfall den Soldaten als Vorwand reicht, in unsere Orte und Häuser einzudringen, um nach sogenannten Terroristen und Waffen zu suchen.

Mariam: Jamina, das w a r einmal. Die Intifada ist lange vorbei, wir haben längst klügere Wege gefunden, unseren Anspruch auf normale Bürgerrechte vor der Welt deutlich zu machen.

Jamina: Aber wo bleibt der Erfolg? Wir haben ja eben erlebt, wie sie immer noch mit uns umspringen! Hier liegt das kranke Kind ohne kompetente ärztliche Hilfe, und mein Vater ... *(Sie weint wieder.)*

Mariam: Sie werden ihn bestimmt bald bringen. Vielleicht wollen sie noch genau klären, ob der Schuss gezielt abgegeben worden ist. Eigentlich war es ja wirklich ein dummer Zufall – der

19

Soldat wollte ihn offensichtlich nicht töten …

Jamina: Du verteidigst diesen Mörder wohl noch?

Mariam: Nein. Ich suche nur nach einer Erklärung für – *(Die Tür wird plötzlich aufgerissen, zwei Soldaten mit schussbereiten Maschinenpistolen kommen herein. Es sind David und Nadiv. Die Frauen schreien auf und eilen zu dem Lager des kranken Kindes.)*

David: *(schreit)* Sind Männer im Haus? Sagt die Wahrheit, oder ihr könnt euch eine andere Unterkunft suchen! *(Er sieht sich um, reißt eine Schranktür auf, öffnet die Tür zum Nebenzimmer und geht hinein. Nadiv bleibt bei den Frauen zurück und macht eine beschwichtigende Handbewegung. Dann sagt er mit ruhiger Stimme:)*

Nadiv: Kennen wir uns nicht? Ihr wart doch heute mit dem Kind am Kontrollposten!

Mariam: Ja. Und der Junge ist immer noch schwer krank. Wenn er nicht bald in ein Krankenhaus kommt, muss er vielleicht sterben.

Nadiv: Was hat er?

Mariam: Wahrscheinlich Blinddarmentzündung.

Nadiv: *(tritt zum Lager und betrachtet den Knaben)* Stimmt – er sieht nicht gut aus. David! *(der im Nebenraum herumwühlt)*

David: Ja, was ist?

Nadiv: Komm, hier sind keine Terroristen.

David: *(kommt zurück und schaut die Frauen an. Dann sagt er zu Mariam)* Du trägst kein Kopftuch. Bist du keine Muslimin?

Mariam: *(bissig)* Die muslimischen Frauen tragen in der Wohnung nicht immer ein Tuch, und die nichtmuslimischen tragen es manchmal draußen auch.

David: *(ungeduldig)* Was denn nun? Bist du eine oder nicht?

Mariam: Ist das wichtig? Wir sind alle Palästinenserinnen!

David: Hm. Du bist verdammt hübsch. Bist du verheiratet?

Mariam: Nein. Noch nicht.

David: *(beiseite zu Nadiv)* Hätte nicht gedacht, dass in diesen

Bruchbuden so schmucke Weiber hausen. Schade – wäre sie keine Palästinenserin, würde ich gern mal eine Nacht mit ihr verbringen.- *(deutet auf den Kranken, zu dem die Frauen wieder geeilt sind, da er sich bewegt und schwache Schmerzensschreie ausstößt)* Was ist mit dem Kind?

Nadiv: Es ist der Junge, den sie in dem Auto, das wir aufgehalten haben, ins Krankenhaus schaffen wollten. Wir könnten ihm helfen!

David: Wie das? Sollen w i r ihn vielleicht hinbringen?

Nadiv: Geht eigentlich nicht. Aber wir könnten sie nach Ramallah begleiten, dass sie nicht wieder aufgehalten werden. Das Auto steht noch am Kontrollpunkt. - Kann eine von euch fahren?

(Beide Frauen schütteln die Köpfe)

David: *(der Mariam immer wieder anschaut)* Okay, dann macht das eben einer von uns. Ihr bringt den Jungen zum Wagen, und du *(er deutet auf Mariam)* kommst mit.

Jamina: Kann ich nicht auch …? Er ist mein Bruder!

David: Nur eine. *(zu Mariam)* Wie heißt du?

Mariam: Mariam.

David: Typisch. Sogar die Namen haben sie von uns abgeguckt.- Also los jetzt, nehmt das Kind und bringt es zu dem Vehikel! Ich werde fahren.

Jamina: *(ängstlich flehend)* Können Sie mich nicht doch mitnchmen?

Nadiv: *(zu Jamina)* Mach dir keine Sorgen. Der Junge *(deutet auf David)* hat sich beruhigt. Er bringt die beiden sicher nach Ramallah.

(Die Frauen schlagen den Kranken in eine Decke. Jamina nimmt ihn auf ihre Arme, Mariam sucht ein paar Sachen zusammen)

David: *(zu Mariam)* Nun mach schon, kannst deine Ausstattung zu Hause lassen, bist auch so hübsch genug.

Mariam: Es ist nur etwas Wäsche für den Jungen!

David: Okay, jetzt aber raus hier! *(Er fasst Mariam an der*

Schulter und schiebt sie zur Tür hinaus. Jamina folgt mit dem Kranken, Nadiv macht den Beschluss. Draußen wird ein Motor angelassen.)

SZENE V

Israelisches Gefängnishospital.
Der von David angeschossene Palästinenser, den die Kugel durchbohrt, aber nicht getötet hat, wird auf einer fahrbaren Krankentrage in den Verhörraum gerollt. Ein israelischer Unteroffizier sitzt an einem Vernehmungstisch.

Unteroffizier: Wie heißt du?
Der Verletzte: Fathi.
Unteroffizier: Wo wohnst du?
Fathi: In Aqabat.
Unteroffizier: Warum warst du ohne Papiere auf der Straße?
Fathi: *(noch etwas mühsam sprechend)* Ich hatte es eilig. Wir hatten ein schwerkrankes Kind bei uns, das dringend ins Krankenhaus musste.
Unteroffizier: Ihr wisst doch, dass ihr eine Erlaubnis braucht, wenn ihr durch unser Gebiet wollt.
Fathi: Es war ein Notfall.
Unteroffizier: Ihr habt immer Ausreden. Hattet ihr eine Bescheinigung vom Arzt?
Fathi: Ja. Aber ich konnte sie nicht zeigen. Man hat uns keine Zeit gelassen, sondern zwang uns, sofort auszusteigen und die Hände hoch zu nehmen.
Unteroffizier: Und dann bist du aggressiv geworden!
Fathi: Nein. Ich habe nur erklärt, warum wir unterwegs waren.
Unteroffizier: Die Soldaten sagen es aber anders. Du hast sie beschimpft und bist ihren Anordnungen nicht nachgekommen, wolltest sogar weglaufen!
Fathi: Das ist nicht wahr. Wer läuft schon weg, wenn Gewehrläufe auf ihn gerichtet sind. Und mit den Beleidigungen

haben die Soldaten angefangen.

Unteroffizier: Wir werden das alles überprüfen.Vorerst bleibst du in hier..

Fathi: Aber ich habe doch nichts …

Unteroffizier: Schweig! Niemand von euch hat je etwas gemacht. Nur dass ihr seit Menschengedenken gegen uns konspiriert! Kein Palästinenser ist unschuldig. Tausende von uns habt ihr heimtückisch umgebracht, so dass wir gezwungen waren, unsere Siedlungen und unser Land mit hohen Mauern zu umgeben und die aufwendig zu bewachen.

Fathi: Es war nicht euer Land!

Unteroffizier: *(verächtlich)* Was versteht ihr schon von unserer Geschichte! Ihr wollt einfach nicht kapieren, dass wir lange vor euch hier waren und dass für euch in diesem Land kein Platz mehr ist. Die Hälfte der Jordanier beispielsweise sind ehemalige Palästinenser – warum seid ihr nicht alle zu euren arabischen Brüdern gegangen?

Fathi: Warum seid i h r nicht dort geblieben, wo ihr hergekommen seid? Ich bin hier geboren, mein Vater ist hier geboren, mein Großvater … Ich bin nicht sicher, ob dein Großvater auch hier geboren wurde. Die meisten von euch sind doch aus Russland oder aus Amerika gekommen!

Unteroffizier: *(wütend)* Werde nicht unverschämt! Was diskutiere ich überhaupt mit dir! *(Er drückt auf einen Knopf, ein Wachmann erscheint.)* Schaff mir diesen Kerl aus den Augen! *(Der Wachmann schiebt die Trage mit Fathi aus dem Raum, während der Unteroffizier ärgerlich vor sich hin murmelt.)*

SZENE VI

Ein Klassenzimmer in Aqabat Jabr. Der Raum ist schlicht, aber sauber. Neben der Tafel hängt eine große Landkarte Palästinas. *Die Schüler sitzen dicht gedrängt, auf der einen Seite die Mädchen, auf der anderen die Knaben. Jamina gibt Geschichtsun-*

23

terricht.

Jamina: Wir wiederholen, was wir in der letzten Stunde durchgenommen haben. Wer weiß noch, wer unser Urvater ist? *(Viele Schüler melden sich. Jamina deutet auf einen und nennt seinen Namen.)* Salah!

Salah: Der Prophet Ibrahim.

Jamina: Richtig. Wo steht das? *(Es melden sich auf alle ihre Fragen viele Schüler, die sie abwechselnd antworten lässt.)*

Zarah: Im Koran.

Jamina: Richtig. Und wo noch?

Yacub: In dem heiligen Buch der Christen.

Jamina: Richtig. Und auch?

Liah: Auch in dem heiligen Buch der Juden.

Jamina: Weiß jemand, wie das heißt?

Musa: Die Thora.

Jamina: Sehr gut.Nun sagen die Juden, dass sie von einem Sohn Ibrahims abstammen. Aber auch wir Araber stammen von einem Sohn Ibrahims ab. Wer weiß, wie der heißt?

Dalia: Ismael!

Jamina: So steht es im Koran. Kennt jemand den Namen des anderen Sohns von Ibrahim?

Yussuf: Ich glaube, er heißt Isaq.

Jamina: Isaak, ja. Isaak und Ismael waren also Brüder. Wie die Araber und die Juden heute noch, deshalb ist ihre Sprache auch eng verwandt. Wo hat denn nun Ibrahim gelebt?

Musa: In Hebron, denn dort ist er begraben!

Jamina: Ja. Araber und Juden verehren dort sein Grab. Haben denn damals noch mehr Juden in Palästina gelebt?

(Schweigen. Dann meldet sich Salah.)

Salah: Ich glaube, die waren dann erst einmal lange in Ägypten.

Jamina: Ja, so steht es in den heiligen Büchern. Und viel später haben sie dann Palästina erobert. Bis sie von den alten Römern daraus vertrieben worden sind. Hat sich jemand gemerkt, wann

24

das gewesen ist?

Sara: Das war vor zweitausend Jahren!

Jamina: War das Land danach leer?

Yacub: Nein. Die Araber sind dann dorthin gezogen.

Jamina: *(lächelnd)* Na ja, nicht gleich, sondern nach und nach. Zunächst war es ein buntes Völkergemisch, das dort zurückblieb. Griechen, Römer, Samarier, Syrer und sogar eine Anzahl Juden, die die Erlaubnis erhalten hatten. Nur in Jerusalem durften sie lange Zeit nicht wohnen. Wer weiß, welcher Religion die meisten Menschen damals angehörten?

Anna: Das waren Christen.

Jamina: Richtig. Und sogar heute noch gibt es unter uns Christen. Aber die meisten von uns sind Muslime. Warum?

Ismael: Weil uns der Prophet den Islam geschenkt hat!

Jamina: Wann war das?

Salah: Vor über tausend Jahren!

Jamina: Und was hat er mit unserem Land zu tun?

(Alle Kinder melden sich)

Musa: Der Prophet hat von dem Berg in Al-Quds seine Himmelsreise angetreten. Und darum ist der Ort allen Muslimen heilig.

Jamina: Ja. Zur Erinnerung an dieses Ereignis wurden die Al Aqsa-Moschee und der Felsendom errichtet – die drittheiligste Stätte der Muslime. Wer von euch ist schon mal dort gewesen? *(Es meldet sich niemand)* Dachte ich mir. Aber diese Bilder kennt ihr alle? *(Sie zeigt zwei große Abbildungen der berühmten Bauwerke. Alle Schüler bestätigen es durch Rufe.)*

Jamina: Wer von euch weiß noch, wer den Islam in unser Land gebracht hat? *(Es meldet sich nur Salah.)*

Salah: Das war der Kalif Omar!

Jamina: Sehr gut. Und stellt euch vor, er hat die Menschen nicht dazu gezwungen, den Islam anzunehmen. Wer wollte, konnte seine alten Glauben behalten. Dann aber kamen Leute, denen es nicht gefiel, dass diese Land jetzt von den Muslimen beherrscht wurde. Wer waren die?

Yacub: Das waren die Franken, die Kreuzfahrer!

Jamina: Was wollten die hier?

Salah: Es waren Christen, und für die Christen ist Al Quds auch heilig, weil ihr Prophet Isa dort gelebt hat. Sie waren sehr grausam und haben viele Muslime getötet.

Ismael: Aber die Muslime haben sich das nicht lange gefallen lassen und die fremden Eroberer bald wieder vertrieben!

Jamina: *(lächelnd)* Nun ja, es dauerte immerhin fast zweihundert Jahre, bis die letzten Tempelritter unser Land verließen. War es dann frei?

(Schweigen)

Jamina: Nun, es gab zwar keine christlichen Herrscher mehr, dafür regierten andere Fremde, die Mamelucken und die Osmanen, und zwar sehr lange. Darüber sprechen wir noch ausführlicher. Nach den Osmanen kamen wieder Europäer, nämlich die Engländer. Wieso aber gibt es jetzt die Israelis?

Ismael: Die sind aus Europa gekommen, weil sie dort niemand haben wollte.

Sara: Es waren die Deutschen. Sie haben ganz viele Juden getötet oder vertrieben.

Jamina: Stimmt. Es waren viele Millionen, die grausam umgebracht wurden. Die, die fliehen konnten, erinnerten sich an ihre Geschichte und kamen in das Land, in dem vor zweitausend Jahren ihre Vorfahren einmal gelebt hatten. Und sie hatten hier auch ihre heiligste Stätte.

Salah: Aber das Land war doch gar nicht leer, wir wohnten ja hier!

Jamina: Richtig. Das hatte man gar nicht so recht bedacht, als man ihnen erlaubte, hier einen eigenen Staat zu gründen. Nach der langen Fremdherrschaft gab es hier noch keinen anderen, und so dachte die UNO, man könnte einen Teil des Landes unbesorgt den verfolgten Juden geben.

Liah: Konnten sie nicht dorthin gehen, wo noch keine anderen lebten?

Jamina: Die Juden waren immer überzeugt, Palästina sei i h r heiliges Land. Allah selbst hätte es ihnen übergeben. So steht es auch in ihrer heiligen Schrift.

Liah: Sie haben doch so lang nicht mehr darin gelebt!

Jamina: Na ja, mit der Zeit war schon eine ganze Anzahl wieder eingewandert. Sie haben Ländereien gekauft und friedlich ihre Geschäfte mit den Arabern getrieben. Nach dem letzten Weltkrieg wurden es dann so viele, dass man ihnen einen Teil von unserem Land zusprach.

Salah: Konnten sich die Araber denn nicht dagegen wehren?

Jamina: Das haben sie versucht. Doch sie waren sich nicht einig und schlecht organisiert, während die Juden sehr gut organisiert und deutlich besser bewaffnet waren. Nach ihrem Sieg besetzten sie mehr Land, als ihnen zugedacht war. Viele Palästinenser waren vor den Israelis geflohen, aber viele wurden auch vertrieben. Man zerstörte ihre Dörfer, und manchmal wurden die Einwohner sogar getötet.

Ismael: Zum Beispiel in Deir Yassin!

Jamina: Ja. Die Folge war, dass ein ganz großer Teil von uns von dieser Zeit an im Ausland, in provisorisch errichteten Flüchtlingslagern leben musste und heute noch lebt. Viele von euch haben doch Verwandte zum Beispiel in Jordanien? *(Es meldet sich eine Reihe der Kinder)* Seht Ihr! Diese Menschen haben noch das Glück, nicht weit von ihrer Heimat, in einem arabischen Land leben zu dürfen, andere aber sind über die ganze Welt verstreut wie früher die Juden.

Salah: Mein Vater sagt, wir gehörten auch einmal zu Jordanien?

Jamina: Stimmt. Nachdem die Israelis ihren Staat gegründet hatten, bemächtigten sich die Ägypter und Jordanien der Teile des Landes, die die Israelis nicht vereinnahmt hatten. Das war wieder eine Fremdherrschaft, wenn auch eine arabische. Die Palästinenser hatten immer noch nichts zu sagen. Als es dann wieder zu einem Krieg kam, zogen diese beiden Länder sich zurück und wir kamen unter die Herrschaft der Israelis, die nun immer noch weitgehend über unser Land bestimmen.

Yacub: Deshalb haben sie diese hässliche Mauer um ihre Siedlungen gebaut und die Straßen, die wir nicht benutzen dürfen und die vielen Posten, die uns kontrollieren und schikanieren, aufgestellt!

Jamina: Ja. Sie haben nämlich Angst vor uns. Es gab eine Zeit, da haben sich verzweifelte Männer und sogar Frauen in israelischen Städten in die Luft gesprengt und dabei viele andere getötet. Die Israelis nannten diese Menschen Terroristen, wir aber Märtyrer.

Liah: Warum taten sie das?

Jamina: Sie wollten die Israelis dazu bringen, mit uns zu verhandeln und unser Land zu verlassen. Leider wurde das Gegenteil erreicht. Vor der Welt galten wir nun als die Bösen, und die Israelis bauten noch mehr Siedlungen auf unserem Boden und für uns verbotene Straßen und diese scheußliche Mauer.

Ismael: Wir konnten gar nichts dagegen tun?

Jamina: Nein, außer Protesten nichts. Die Israelis haben immer noch die stärkste Armee in dieser Region, der haben wir nichts entgegenzusetzen.

Ismael: Aber alle unsere Nachbarstaaten haben auch Armeen!

Jamina: Ja, schon. Doch die Zeiten, wo man mit Waffengewalt versucht hat, Probleme zu lösen, sind vorüber. Ein Krieg würde nur ungeheures Leid über alle Beteiligten bringen. Unser Land würde zerstört, und es würden kaum noch Menschen übrig bleiben, die hier leben könnten.

Salah: Wir sollen also ewig wie die Gefangenen der Israelis weiter leben? Die reisen in die ganze Welt, und wir können uns nicht mal in unserem eigenen Lande frei bewegen! Mein Vater durfte nicht mal nach Jerusalem, und schon gar nicht zu den Heiligtümern in Medina und in Mekka pilgern!

Jamina: Keine Mauern, keine Unrechtsherrschaft dauern ewig.

Wir haben es ja besprochen: Die alten Römer und die Kreuzfahrer sind nicht geblieben, und auch nicht die Türken und die Engländer.

Ismael: Glaubst du, die Israelis werden ebenfalls mal gehen?

Jamina: Nein. Die meisten sind wie wir ja hier geboren, und dieses Land ist inzwischen ihre Heimat wie die unsere. Aber ganz bestimmt wird sich das Zusammenleben mit uns ändern. Wer weiß, vielleicht schon eher, als wir denken.

SZENE VII

Ein Klassenzimmer in einer großen israelischen Siedlung. Der Raum ist mit modernen Lehrmitteln gut ausgestattet. Es gibt aber auch eine Tafel, und daneben hängt, wie in dem Klassenzimmer in Aqabat Jabr eine große Landkarte Palästinas.
Der Lehrer mit Bart und Kippa. Etwa fünfzehn recht junge Schüler, nur Jungen, viele davon ebenfalls mit Kippa. Auch hier ist Geschichtsunterricht.

Lehrer: Wir wiederholen heute den Stoff der letzten Stunde, der sehr wichtig ist. Jeder Israeli sollte das, was wir da besprochen haben, nie vergessen. Ich beginne mit einer ganz einfachen Frage: Wann hat die Geschichte unseres Landes begonnen?

(Es melden sich immer fast alle Schüler. Der Lehrer zeigt immer auf den, der antworten darf und nennt ihn beim Namen.)

Shlomo: Als der Erzvater Abraham aus dem Lande Ur hierher gezogen ist.

Lehrer: Richtig. Aber warum ist er gerade in dieses Land gezogen?

Moshe: Weil Gott es ihm verheißen hat.

Lehrer: Kam er allein?

Avraham: Nein. Seine Frau Sara, die Magd Hagar und ein paar Knechte waren mit ihm.

29

Lehrer: Das waren nicht viele Menschen, wir aber sind ein großes Volk. Wie ist es dazu gekommen?

Yaakov: Der Herr hatte es dem Abraham verheißen. Seine Nachkommen holte Josef nach Ägypten, wo er ein mächtiger Mann war. Dort wurden sie immer mehr.

Lehrer: Warum sind sie nicht in dem reichen Ägypten geblieben?

Aharon: Weil sie für den Pharao Sklavenarbeit verrichten mussten. Darum hat sie Moses in das Land der Erzväter zurückgeführt.

Lehrer: War das so einfach?

Yosef: Nein. Das hat vierzig Jahre gedauert, und sie mussten durch das Meer und durch die Wüste.

Lehrer: Was geschah unterwegs?

Shlomo: Moses erhielt auf dem Berg Horeb die Gesetzestafeln, die dann in der Bundeslade aufbewahrt wurden.

Lehrer: Wo wurde diese aufbewahrt, nachdem das Volk in das Land der Erzväter zurückgekehrt war?

Noam: In Jerusalem, im Tempel.

Lehrer: Wer hat diesen Tempel errichtet?

Aharon: Der König Salomo.

Lehrer: Wann war das?

Shlomo: Vor dreitausend Jahren!

Lehrer: Wie lange hat der Tempel existiert?

Yosef: Bis zum Jahre siebzig der modernen Zeitrechnung, wo ihn die Römer zerstörten.

Lehrer: Wie kam das?

Moshe: Weil wir die die Römerherrschaft nicht mehr ertragen wollten, haben wir einen Aufstand gemacht, um sie zu vertreiben.

Lehrer: Ist das gelungen?

Shlomo: Nein, sie waren zu stark, obwohl wir sehr tapfer gekämpft haben.

Lehrer: Welches Wahrzeichen für diese Tapferkeit gibt es heute noch?

Aharon: Die Festung Masada! Die Römer haben drei Jahre gebraucht, um sie zu erobern!

Lehrer: Wer von euch ist schon einmal dort gewesen?

(Alle melden sich und rufen:)

Alle Schüler: Ich, ich, ich!

Lehrer: War das das Ende unseres Volkes im heiligen Land?

Shlomo: Nein. Aber die Römer blieben die Herrscher, und auf dem Tempelberg wurde ein Götzentempel gebaut.

Lehrer: Haben die Juden das so hingenommen?

Shlomo: Eine Weile schon, aber dann machten sie den Bar Kochba-Aufstand.

Lehrer: Was war das Ergebnis?

Noam: Wir wurden nach langen Kämpfen wieder besiegt, viele getötet oder als Sklaven verkauft. Aber einige sind doch übrig geblieben.

Lehrer: Wer herrschte dann in unserem Land?

Noam: Immer noch die Römer?

Lehrer: Richtig. Und sie haben weiterhin die übrig gebliebenen Juden unterdrückt. Die nichtjüdische Bevölkerung wurde später christlich, daher gibt es die vielen Kirchen und Klöster in Israel. Diese christlichen Römer nannte man Byzantiner, denn die Hauptstadt ihres Reiches hieß Byzanz. Dauerte ihre Herrschaft lange?

Shlomo: Ich glaube nicht so sehr, denn bald kamen die Araber.

Lehrer: Wie erging es da den Juden?

Aharon: Man hat sie in Ruhe gelassen, wenn sie ihre Steuern bezahlten.

Lehrer: Genau. So war es überall in den von den Arabern eroberten Ländern. Wann änderte sich das?

Noam: Als die Kreuzfahrer kamen. Sie haben viele Juden umgebracht und waren überhaupt sehr grausam.

Lehrer: Ja. Sie verfolgten die Juden schon in ihren Ländern, bevor sie in unseres kamen. Aber auch den Arabern in unserem Land ging es unter der Herrschaft dieser Christen nicht gut, und es gelang ihnen schließlich, diese hochmütigen Europäer zu vertreiben. Unser Land wurde jedoch nicht frei, sondern eine unbedeutende arabische Provinz, bis?

Moshe: Bis die Türken kamen.

Lehrer: Exakt. Und da wurde es eine unbedeutende osmanische Provinz. Das blieb es bis?

Yosef: Bis zu dem ersten Weltkrieg!

Lehrer: Richtig. Aber in den letzten Jahrzehnten vor diesem Krieg änderte sich etwas in dieser Region. Wer sagt es?

Aharon: Es kamen wieder immer mehr Juden zurück!

Lehrer: Warum?

Avraham: Weil sie in den Ländern, wo sie sich angesiedelt hatten, unterdrückt und verfolgt wurden. Und weil sie immer eine Sehnsucht nach dem heiligen Land behalten hatten.

Moshe: Und in dem Krieg haben die Engländer den Juden versprochen, dass sie ihr Land zurückbekommen sollen!

Aharon: Ja, und dann kamen immer mehr zurück! Und sie haben die Siedlungen, Kibbuzim und Tel Aviv gegründet!

Lehrer: Das war sogar schon vor dem Krieg. Danach aber kamen immer mehr jüdische Menschen ins Land, besonders viele aber nach neunzehnhundertdreiunddreißig. Warum?

Yosef: Weil die deutschen Nazis sie ganz schlecht behandelt haben! Sie haben ihnen ihre Geschäfte weggenommen, verboten zu arbeiten und sie in die Konzentrationslager gesperrt.

Moshe: Sie haben ihnen ihr Geld weggenommen und die Synagogen angezündet!

Noam: Und die nicht weggegangen sind, die haben sie dann alle umgebracht!

Lehrer: Ja, es ist eine unvorstellbar große Zahl. Wie nennen wir dieses in der Welt einmalige Verbrechen?

Alle: Shoa, Shoa, Shoa …

Lehrer: Sie gab den letzten Anstoß zu dem Beschluss der Völkergemeinschaft, dass die Juden wieder einen eigenen Staat haben sollten. Wann wurde der gegründet?

Shlomo: Am Yom Hatzma'ut, neunzehnhundertachtundvierzig!

Lehrer: Was geschah dann?

Aharon: Dann gab es Krieg. Die Araber wollten nicht das Land mit uns teilen. Aber wir haben die Araber besiegt!

Lehrer: War dann Frieden?

Yaakov: *(etwas unsicher)* Nicht so richtig. Weil die Araber, die vor uns geflohen waren, wieder zurück wollten.

Avraham: Ja, und die arabischen Länder um uns herum haben ihnen Waffen gegeben und in der ganzen Welt immer gegen uns gehetzt!

Shlomo: Und als sie uns wieder angreifen wollten, sind wir ihnen zuvorgekommen und haben sie im Yom Kippur-Krieg wieder besiegt!

Aharon: Danach gehörte das ganze Heilige Land wieder uns, und Jerusalem wurde wie früher unsere Hauptstadt!

Lehrer: Ja, das war ein großer Sieg. Aber gab es nun Frieden?

Shlomo: Immer noch nicht richtig

Lehrer: Warum?

Aharon: Den Arabern gefiel es nicht, dass wir jetzt das ganze Heilige Land wiederhatten, und da haben sie Terroristen ausgebildet. Sie dachten, wir geben es ihnen zurück, weil wir Angst vor ihren Anschlägen haben.

Lehrer: Kann sich jemand von euch an solch einen Anschlag erinnern?

(Schweigen, dann meldet sich Yosef)

Yosef: Mein Großvater hat einmal einen erlebt. Er hat mir erzählt, dass es ganz viele Tote gab und dass das Blut die Wände in dem Café bespritzt hat. Manchen Leuten war ein Arm oder Bein abgerissen.

Yaakov: Meine Großmutter hat gesehen, wie ein Bus in die Luft geflogen ist. Da gab es auch ganz viele Tote!

Lehrer: Das waren schlimme Jahre, aber zum Glück sind diese Zeiten vorbei. Warum leben wir jetzt sicherer?

Noam: Wir haben ganz viele Siedlungen mitten zwischen den

Palästinensern gebaut, um auf sie aufzupassen.

Shlomo: Ja, und da gibt es die hohe Mauer um unsere Gebiete und die strengen Kontrollposten.

Lehrer: Das Wichtigste – die Araber haben wohl eingesehen, dass das Heilige Land nun unwiderruflich und ganz und gar unser ist.

SZENE VIII

Anhöhe bei Jericho.
David und Nadiv in Uniform. Sie sitzen auf Steinen. David hält eine „Rose von Jericho" in der Hand.

Nadiv: Sieht aus wie ein Stück Eselsmist. Oder was ähnlich Unappetitliches. Doch wenn du es ins Wasser legst, blüht es wunderbar auf.

David: Wunderbar ... ist auch die Lage dieser Stadt. Ein Jammer, dass wir sie den Palästinensern überlassen haben.

Nadiv: Na ja, es gibt immerhin unsere Siedlungen nahebei. Von da aus kann man auch die Umgebung genießen. Alle ihre Attraktionen sind uns doch zugänglich.

David: Welche Attraktionen meinst du? Die Ruinen der alten Stadt, die Josua erobert hat?

Nadiv: Das ist Legende. Zur Zeit Josuas hatte die Stadt, die hier stand, gar keine Mauern, wie sich herausgestellt hat. Die späteren Siedlungen hatten zwar welche, sogar sehr dicke, aber sie haben nicht viel genützt, wie man aus der Art ihrer Zerstörung schließen kann.

David: Was gibt es denn noch außer diesen Mauerresten?

Nadiv: Zum Beispiel den zerfallenen Palast des Herodes. Nach dem, was davon noch existiert, muss es eine herrliche Anlage gewesen sein.

David: Du warst schon dort?

Nadiv: Ja. Man braucht freilich viel Phantasie, um sich die ehemalige Pracht vorzustellen. Mehr erhalten ist von dem Omajjadenpalast, der hier nicht weit von der Stadt errichtet wurde. Da kannst du noch Mosaiken bewundern. Es gab auch Skulpturen, die schöne Frauen darstellten. Die kannst du heute im Museum in Jerusalem besichtigen.

David: Skulpturen, noch dazu von Frauen, in 'nem muslimischen Gebäude?

Nadiv: Ja, erstaunlicherweise. Die haben es früher mit dem Bilderverbot offensichtlich nicht so ernst genommen wie heute.

David: Schöne Frauen übrigens gibt's bei denen heute immer noch.

Nadiv: *(lächelnd)* Du denkst an die beiden mit dem kranken Kind?

David: Ja. Die waren wirklich fesch. Besonders die Mariam hatte was ... Sie geht mir nicht aus dem Kopf. Würde sie gern nochmal sehen. Meinst du, das lässt sich machen?

Nadiv: *(spöttisch)* Hm. Eine Palästinenserin ... Du hältst doch sonst nichts von unseren besten Feinden!

David: Ja, schon ... Diese Frau aber ... Ich weiß nicht, so hat mich noch keine berührt.

Nadiv: Berührt! Du wirst ja poetisch!

David: Diese Seite von mir kennst du wohl noch nicht? Ich bin doch kein Banause! Du weißt gar nicht, was ich schon alles gelesen habe – sogar Gedichte!

Nadiv: Hätte ich dir nicht zugetraut, wo du nicht mal über so bekannte Orte wie Jericho Bescheid weißt.

David: Wer kennt schon alle Sehenswürdigkeiten in unserem Land? Natürlich wusste ich, dass man hier Ausgrabungen gemacht hat. Hat man doch überall. Wir leben ja auf lauter uralten Trümmerhaufen.

Nadiv: Diese Gegend war halt immer schon für die Menschen attraktiv, obwohl sie eigentlich gar nicht so fruchtbar ist. Milch und Honig sind hier nie wirklich geflossen – ein großer Teil war und ist schlichtweg Wüste ...

35

David: Das machte sie wahrscheinlich grad so anziehend, dieser Wechsel zwischen karger und fruchtbarer Landschaft.

Nadiv: Denke ich auch. Wer eben aus der Wüste kommt, schätzt erst richtig die Oase. Die dort unten freilich hat die Menschen immer ganz besonders fasziniert, weil sie eine reiche Quelle, vorteilhafte Lage und höchst angenehmes Klima hat.

David: Was du alles weißt!

Nadiv: Ich weiß noch mehr. Aus den eben genannten Gründen haben sich die jeweils Mächtigen in unserem Land gerne hier aufgehalten und entsprechende Residenzen errichtet. Von den Makkabäern über Herodes bis zu den Kalifen. Die Makkabäer haben dort drüben auf dem Berg ihre Residenz gehabt, wo der Hohepriester Simon mit seinen Söhnen Judas und Mattatias von seinem Schwiegersohn ermordet worden ist.

David: Woher nimmst du all dies Wissen?

Nadiv: Ich interessiere mich halt für Geschichte. Die berühmte Quelle dieser Oase heißt bei uns En Elischa, weil dieser Prophet das Wasser durch Salzzugabe und Gebet bekömmlich gemacht hat, das angeblich vorher ungesund war. Was hinter der Geschichte steckt, weiß ich nicht – vielleicht war die Quelle verunreinigt. Denn ihr Wasser muss jahrtausendelang gut gewesen sein, sonst wäre die Gegend ja nicht so früh besiedelt worden.

David: Man sollte mal einen Rabbi nach seiner Interpretation fragen …

Nadiv: *(lacht)* Ja, die wissen auf alles eine Antwort. Es gibt im Übrigen auch Geschichten über Jericho, die die Christen erzählen. Doch ich will dich nicht langweilen. Von den Christen hast du ja kaum eine bessere Meinung als von den Arabern …

David: Zumal es auch christliche Araber gibt. Das ist ja das Allerletzte! Wenn schon Araber, dann ist man Moslem. Da weiß man wenigstens, woran man ist.

Nadiv: Immerhin gab es die Araber schon lange vor der 'Erfindung' des Islam. Und man möchte es nicht glauben, doch bis dahin waren viele Christen. Ein paar sind in unserem Land übrig-

36

geblieben, mehr gibt es noch in Syrien und Ägypten – dort geht ihre Zahl sogar in die Millionen.

David: Vielleicht hat Sadat damals deshalb den Friedensvertrag mit uns gemacht? Die Christen sind uns ja fast überall freundlich gesinnt, und die in Ägypten haben seinerzeit die Entscheidung ihrer Regierung mit beeinflusst?

Nadiv: Das denke mal nicht! Die Kopten hatten es damals nicht leicht. Sie wurden gegenüber den Muslimen lange benachteiligt und waren sogar terroristischen Anschlägen ausgesetzt. Freilich, die Masse der Bevölkerung hat sie wohl immer toleriert – sind sie doch die echten Nachfahren der alten Ägypter. Ich war mal in Sharm El Shaik mit meinen Eltern in Urlaub – da konntest du Köpfe sehen wie auf den Bildern in den Grabkammern und Tempeln der Pharaonen.

David: Also gibt es doch verschiedene Menschenrassen! Bei uns will man davon ja überhaupt nichts hören.

Nadiv: Na ja, es ist halt ein umstrittener Begriff. Wir wollen uns nicht von den Europäern unterscheiden. *(spöttisch)* Aber von den Arabern schon, nicht wahr, lieber Freund?

David: Mit Recht! Mit denen will ich nicht in einen Topf geworfen werden. Die sind doch in jeder Beziehung anders als wir! Abgesehen von ihrem hitzigen Temperament und der Unfähigkeit zu einer effektiven Organisation, neigen sie ständig zu Übertreibungen. Zudem sind sie hinterlistig: freundlich ins Gesicht und hinter dem Rücken den Dolch in der Hand, oder schlimmer noch, den Bombengürtel unter der Kleidung.

Nadiv: *(lächelt kopfschüttelnd)* Du hast Vorurteile wie früher die Antisemiten gegen die Juden. Die hielten uns alle für geldgierig, unehrlich, Verschwörer und sogar Kindsmörder. Außerdem hätten wir meist große Köpfe und gebogene Nasen.

David: Mit den großen Köpfen hatten sie nicht mal so unrecht. Im übertragenen Sinn jedenfalls. Wenn man bedenkt, was wir alles geleistet haben! Viele weltberühmte Wissenschaftler, Philosophen, Ärzte und Künstler waren welche von uns, man kann sie gar nicht alle nennen. Aber was wäre die Welt ohne Karl Marx, Sigmund Freud oder Einstein! Es heißt sogar, dass die Väter der amerikanischen Atombombe aus Deutschland vertriebene jüdische Physiker waren.

Nadiv: Da ist wohl was Wahres dran. Doch ich weiß nicht, ob wir uns darauf was einbilden dürfen. Große Gelehrte und Künstler gibt es in vielen Nationen.

David: Ja, aber nicht in so kleinen wie der unseren. Ich bleibe dabei: Wir sind ein Volk von besonders vielen Hochbegabten.

Nadiv: *(spöttisch)* Solchen wie du?!

David: Spotte nicht! Natürlich bin ich kein Genie, und es gibt auch genug Leute unter uns, die nicht viel im Kopf haben. Aber immerhin … Uns hat die Welt jedenfalls auch den Monotheismus zu verdanken.

Nadiv: Mag sein. Aber dass gerade du das anbringen musst, wo du doch nie in die Synagoge gehst …

David: Das hat damit nichts zu tun. In den Tempel würde ich schon gehen, wenn der wieder aufgebaut worden wäre. Aber d e n Schneid hatte ja keine unserer Regierungen, die Muslime von unserem heiligsten Ort zu vertreiben.

Nadiv: Ich denke, das hat mit Schneid nichts zu tun. Auf dem Tempelberg stehen halt seit über tausend Jahren islamische Heiligtümer, die noch dazu bedeutende Kunstwerke sind.

David: Ach was, schöne Moscheen gibt es doch genug. Die arabischen Länder sind voll davon. Auf die Bauten auf unserem Tempelberg dürfte es da nicht ankommen.

Nadiv: Andere sehen das anders. Denk mal daran, wie sehr die frommen Juden an ihrem Heiligtum hängen, das vor zweitausend Jahren zerstört worden ist. Seitdem wird darüber geklagt.

David: Das ist es eben. Das Land haben wir, den Tempel immer noch nicht.

Nadiv: Haben wir das Land wirklich?

SZENE IX

Sitzungsraum der israelischen Regierung.
Regierungschef, Außenminister, Innenminister, Verteidigungsminister

Regierungschef: Sie wissen, meine Herren, worum es geht. Ich habe Sie die Thematik unserer heutigen Zusammenkunft so zeitig wissen lassen, damit wir gut vorbereitet nach Wegen aus der immer komplizierter gewordenen Situation unseres Landes suchen können.

Innenminister: Die Lage ist tatsächlich kritisch geworden. Leider ist die Problematik außerordentlich komplex. Das Hauptproblem ist natürlich die aktuelle Bevölkerungsstruktur. Dies Problem hatten wir zunächst nur am Anfang, und es löste sich glücklicherweise durch die Flucht der Palästinenser und den jahrzehntelangen Zuzug unserer Landsleute aus aller Welt. Um die Jahrhundertwende sah es so aus, als ob es gelingen könnte, den palästinensischen Bevölkerungsanteil in den alten israelischen Grenzen weiter zu minimieren, aber in den letzten Jahrzehnten ist eine genau gegenteilige Entwicklung eingetreten. Von dem enormen Bevölkerungswachstum in den samarianischen und judäischen Gebieten gar nicht zu reden. Dort leben jetzt fast so viele Palästinenser wie Juden in Israel. Zum Glück brauchen wir den Gazastreifen nicht mehr zu berücksichtigen, seit er sich Ägypten angeschlossen hat. Dort ist die Bevölkerungszahl auch noch erheblich angewachsen.

Verteidigungsminister: Wie in Syrien und Jordanien. Nur das Wachstum unserer Bevölkerung stagniert ...

Innenminister: Stagniert nicht nur, es ist rückläufig! Nach dem Einwanderungsboom in der zweiten Hälfte des letzten Jahrhunderts ist die Zahl der Neubürger stetig zurückgegangen. In den arabischen Ländern gibt es kaum noch Juden, und die in Europa und in den Staaten leben, bleiben lieber dort, wo es ihnen deutlich besser geht. Ja, wie sie alle wissen, immer mehr hier im Lande geborene junge Leute wandern sogar dorthin aus!

Außenminister: Obwohl – aus den Staaten könnten bald wieder Zuwanderer kommen, wenn die Wirtschaft dort weiterhin so schwächelt. Weltmacht sind die USA auf diesem Gebiet schon lange nicht mehr, und rüstungstechnisch hat China leider mit ihnen längst schon gleichgezogen. Die zunehmende Impotenz unseres treuesten Verbündeten macht uns ja seit langem zu schaffen.

Innenminister: Das waren noch Zeiten, wo wir jährlich Unterstützungen in Milliardenhöhe erhielten …

Außenminister: Vor allem an Rüstungsgütern!

Verteidigunsminister: Na, an unserer militärischen Stärke ist wohl immer noch nicht zu zweifeln. Unsere Armee ist weiterhin die am besten ausgerüstete und ausgebildetste in der Region. Allerdings -

Regierungschef: Allerdings?

Verteidigungsminister: Nun ja, die Moral unserer Truppen hat in den letzten Jahren deutlich nachgelassen. Viele der jungen Leute sehen nicht mehr ein, warum diese lange Dienstzeit noch nötig ist. Sie glauben, dass es kaum noch eine wirkliche Bedrohung von außen gibt.

Außenminister: Es ist in der Tat nicht mehr für jeden einzusehen, dass wir so schlagkräftig bleiben müssen, obwohl die arabische Welt sich so unglaublich verändert hat. Wer hätte sich das denn vor vierzig, dreißig Jahren träumen lassen, dass diese Länder fähig wären, demokratische Regierungsformen einzuführen?

Innenminister: Niemand. Ich habe kürzlich die Dokumente und Berichte aus jener Zeit noch einmal durchgesehen. Es gab jahrzehntelang nur autoritäre Regime. Und dann plötzlich diesen Umschwung!

. **Außenminister:** Ja, wirklich erstaunlich. Und dass er beinah gleichzeitig in den verschiedenen Staaten kam!

Innenminister: Das hatte etwas mit den damals neuen Medien zu tun. Es gab nun Möglichkeiten für die Menschen, den Widerstand gegen die despotischen Systeme effizient zu organisieren. Wenn man bedenkt, wie skrupellos die damaligen Machthaber gegen ihre Untertanen vorgegangen sind, ist das Ergebnis in der Tat erstaunlich.

Regierungchef: Wohl wahr. Und noch erstaunlicher, wie vernünftig diese neuen Regierungen sich verhalten. Selbst der Iran, obwohl er Atommacht geworden ist. Keine Hetze mehr gegen uns, statt dessen – wenn auch kühle – diplomatische Beziehungen.

Außenminister: Sehr kühl, wenn ich Sie korrigieren darf. Man hat den Druck auf uns, das Palästinenserproblem endlich zu lösen, in den letzten Jahren ständig erhöht. Und es sind nicht nur die arabischen Staaten, die immer energischer eine Lösung fordern. Das tun selbst unsere Freunde in der alten und neuen Welt.

Regierungchef: Das weiß ich ja. Die Sache ist jetzt aber die, dass wir selber mittlerweile ein gewaltiges Problem mit den Arabern in unserm Lande haben. *(zum Innenminister)* Herr Kollege, darf ich Sie um Ihren Bericht bitten?

Innenminister: Mit ganz exakten Angaben kann ich im Augenblicke gar nicht dienen. Die arabischen Verwaltungen in den östlichen Gebieten haben entweder selber nicht den rechten Überblick oder wollen die genauen Zahlen aus mir unbekannten Gründen uns nicht geben.

Regierungchef: Dann sagen Sie uns, was Sie wissen. Zunächst vielleicht die aktuelle Zahl der israelischen Bevölkerung.

Innenminister: Ohne den arabischen Anteil - ich meine, ohne die Araber, die israelische Bürger sind?

Regierungchef: Ja. Nur die echten Juden.

Innenminister: Die letzte Erhebeng ergab knapp über vier Millionen, exakt 4,2 Millionen. Das sind fünfhunderttausend weniger als vor fünfzig Jahren.

Regierungchef: Kaum zu glauben. Was haben wir nicht alles für Maßnahmen ergriffen, um den Bevölkerungsrückgang aufzuhalten …

Innenminister: Es fehlte der Zuzug. Seit der Jahrhundertwende sind ja kaum noch Juden in unser Land gekommen. Und der gehobenere Lebensstandard wirkte sich wie überall in der Welt negativ auf die Geburtenzahl aus.

Verteidigungsminister: Bis auf unsere orthodoxen Freunde. Die kriegen immer noch Kinder in Masse. Ihr Bevölkerungsanteil ist daher ständig gewachsen. Welche Bedeutung das hat, ist uns allen bekannt. Immer höhere Sozialausgaben, immer weniger Soldaten.

Regierungschef: Daran ist nichts zu ändern. Sie machen uns ja auch bei der Regierungsbildung oftmals Schwierigkeiten. Doch wie steht es nun mit den anderen Zahlen?

Innenminister: Unsere Araber, die israelischen, haben sich auf über zwei Millionen vermehrt.

Regierungschef: Das ist ja fast die Hälfte der jüdischen Bevölkerung!

Innenminister: Genau. Die andere Zahl ist aber noch schlimmer.

Regierungschef: Die der Araber in den östlichen Gebieten?

Innenminister: Ja. Sie beträgt schätzungsweise vier Millionen.

Regierungschef: Sind Sie sicher? Das sie hoch ist, war bekannt. Aber vier Millionen? Vor vierzig Jahren waren es nur zwei!

Innenminister: Solche Zuwachsraten haben wir früher auch gehabt. Freilich mit Hilfe der Zuwanderer.

Regierungschef: Palästinensische Zuwanderer hat es allerdings nicht gegeben, das wurde von uns wohlweislich verhindert. Diese unglaubliche Vermehrung ihrer Bevölkerung haben sie ganz allein geschafft.

Verteidigungsminister: Das hätten wir zur rechten Zeit verhindern müssen!

Innenminister: Wie das? Hätten wir dem Trinkwasser Antikonzeptiva zufügen sollen? Sie mit offener Gewalt aus dem Lande jagen? Wir haben getan, was wir konnten, ihre Lebens-

42

umstände zu erschweren. Wir haben ihre Territorien immer mehr eingeengt, ihre Bewegungsfreiheit stark beschränkt, sogar das Wasser rationiert – es hat alles nichts genützt. Sie haben sich unverständlicherweise nur desto entschlossener an ihre Heimat geklammert und fleißig Nachwuchs gezeugt. Die alte Wahrheit hat sich wieder einmal bestätigt: Je schlechter es den Menschen geht, je tiefer ihr soziales Niveau, desto mehr Kinder kriegen sie. Steigt der Lebensstandard, sinkt die Geburtenzahl, wie man es ja auch an unserer israelischen Bevölkerungsstatistik sehen kann.

Regierungschef: Wenn man nochmals Bilanz zieht, so stehen sich im alten Staatsgebiet zwei Millionen Araber vier Millionen Israelis gegenüber. Sind die Siedler in der Westbank da mit einberechnet?

Innenminister: Ja. Ihre Zahl ist im Übrigen ziemlich zurückgangen. Zumindest in den peripheren Gebieten. Der Pioniergeist der frühen Jahrzehnte existiert seit langem nicht mehr. Die Israelis ziehen es vor, in der Nähe der Zentren oder am Meer zu leben.

Regierungschef: Und in der Westbank leben wirklich vier Millionen Palästinenser?

Innenminister: Ja. Leider.

Regierungschef: Damit ist unser alter Plan, sie eines Tages unserem Staat einzugliedern, für voraussehbare Zeit hinfällig geworden. Die vier Millionen Israeli würden sechs Millionen Arabern gegenüberstehen. Wir wären deutlich in der Minderheit und hätten nach Wahlen mit gleichem Stimmrecht für alle Einwohner nichts mehr zu bestimmen. Herzls Judenstaat wäre erledigt.

Innenminister: Wir müssen wie bisher die Palästinenser von den Wahlen zu der Knesset exzipieren. Nach wie vor können sie ja immerhin ihre Verwaltung, die sie stolz Regierung nennen, selber bestimmen.

Außenminister: Das Ausland wird uns weiter vorwerfen, wir seien die letzten Kolonialisten. Und hätten ein Apardheidsregime eingerichtet

43

Regierungschef: Objektiv betrachtet, ist's ja auch so. Wir wissen es alle. Mit dem Versuch, das Westjordanland uns anzugliederm, haben wir uns einfach übernommen. Hätten wir es gleich seinen Bewohnern überlassen, wäre uns viel Ärger und Leid erspart geblieben.

Verteidigungsminister: Sie hätten es ja behalten können, aber sie wollten doch mehr! Jerusalem zurück, und die Flüchtlinge wieder ins Land lassen! Da wir damals starke Verbündete auf unserer Seite hatten, konnten wir uns eine Politik erlauben, die wir für notwendig und angebracht hielten – auch wenn sie nicht mit den internationalen Rechtsnormen und den UN-Beschlüssen übereinstimmte.

Innenminister: Das Recht gaben uns ja die törichten Palästinenser und ihre Freunde immer wieder! Mit ihren Drohungen und ihrer Weigerung, mit uns zu reden. Und vor allem natürlich durch ihre sinnlosen terroristischen Anschläge.

Außenminister: Ja. Damit hatten sie den maßgeblichen Teil der Weltöffentlichkeit gegen sich.

Verteidigungsminister: Und wir freie Hand.

Regierungschef: Und beide Seiten enorme Opfer.

Verteidigungsminister: Zum Glück sind diese blutigen Zeiten nun schon eine ganze Weile vorüber!

Regierungschef: Dafür haben wir ein anderes Problem, und ich fürchte, ein noch ernsteres.

Innenminister: Sie meinen die nächsten Wahlen?

Regierungschef: Ja. Der Druck des Auslands und der Vereinten Nationen auf uns hat dermaßen zugenommen, dass es kaum mehr möglich ist, alles so ablaufen zu lassen wie bisher. Selbst die USA, unsere treuesten Verbündeten, können und wollen uns ja nicht mehr uneingeschränkt unterstützen und verlangen endlich eine humane Lösung des Palästinenserproblems.

Verteidigungsminister: Das tun sie doch schon seit Jahrzehnten. Letzten Endes haben sie dennoch immer zu uns gestanden.

Außenminister: Die Lage ist heute eine andere. Die letzten Gespräche mit dem US-Außenministerium haben keinen Zweifel an der Ernsthaftigkeit ihrer Forderungen gelassen.

Verteidigungsminister: Was sollen wir denn tun? Jerusalem und alle Siedlungen im Westjordanland aufgeben? Das gäbe einen Exodus von Hunderttausenden! Unmöglich, sie in den alten Grenzen aufzunehmen! Und unmöglich, solch eine Umsiedlung ohne Gewalt durchzuführen! Ich erinnere an die Probleme, die wir seinerzeit bei der Räumung des kleinen Gazastreifens hatten.

Regierungschef: Was tun, das ist die große Frage. Um zunächst im kleinen Kreis darüber nachzudenken, habe ich Sie ja hergebeten. Ich weiß noch keine Antwort ...

Alle Anwesenden senken die Köpfe. Manche schütteln sie, andere zucken mit den Schultern.

SZENE X

Vor Fathis Haus in Aqabat Jabr bei Jericho
Mariam und Jamina schauen Hussein zu, der mit einem alten Autoreifen spielt.

Jamina: Wie gut er wieder drauf ist! Ein Glück, dass er noch rechtzeitig in die Fachklinik gekommen ist.

Mariam: Ja. Der Arzt hat gesagt, ein paar Stunden später wäre der Blinddarm geplatzt. Er war stark vereitert.

Jamina: Nicht auszudenken, wenn der Junge das nicht überlebt hätte. Dass die uns immer noch mit ihren sinnlosen Kontrollposten so schikanieren!

Mariam: Sie haben halt Angst, weil wir so viele sind.

Jamina: Ich glaube, sie wollen uns nur zeigen, wer hier die Herren sind.

Mariam: Das tun sie doch seit mehr als fünfzig Jahren.

Jamina: Leider. Darum wird es höchste Zeit, dass sich das ändert.

Mariam: Stimmt. Und ich denke, es ist bald so weit.

Jamina: Du bist so optimistisch! Denke doch, was sie mit meinem Vater gemacht haben! Allah hat zwar verhütet, dass er gestorben ist, aber nun ist er im Gefängnis, und wir wissen nicht, wie es ihm nach dieser schweren Verletzung geht. Sie lassen einen ja nicht hin, jedenfalls als Besucher. Dafür sperren sie uns um so lieber ein. Es sind so viele, die sie inhaftiert haben!

Mariam: Und nicht einmal richtig verurteilt, wie deinen Onkel Omar. Wie lange halten sie ihn schon fest?

Jamina: *(weint)* Sieben Jahre.Weil er angeblich der Hamas angehört hat. Dabei hatte er nur einen Freund, der ihr angehörte. Irgendwer muss den verraten haben, und als sie ihn verhafteten, haben sie Omar, der zufällig anwesend war, auch mitgenommen. Die beiden hatten noch Glück, dass sie nicht gleich erschossen worden sind wie viele andere.

Mariam: Warum sie sie immer noch festhalten, wo die Hamas ja heute nichts mehr zu bedeuten hat, kann man nicht verstehen.

Jamina: Es ist auch nicht zu verstehen, warum sie ohne Grund auf unbewaffnete Leute wie meinen Vater schießen!

Mariam: Du hast recht. Aber Gott sei Dank kommt das nicht mehr so oft wie früher vor.

Jamina: Ja, da muss es noch viel schlimmer gewesen sein. Wenn ich die viele alten Männer mit Krücken oder im Rollstuhl sehe, die als Kinder und Jugendliche verletzt worden sind, dann bin ich froh, dass das heute besser geworden ist. Was für schreckliche Zeiten sind das gewesen! Mein Vater, der sie ja noch erlebt hat, spricht nur ungern darüber. Und nun hat es ihn doch noch getroffen! Dieser Soldat, der auf ihn geschossen hat, ist doch kein Mensch!

Mariam: Immerhin hat er dann mich mit Hussein ins Hospital gebracht. Wer weiß, warum er ausgerastet ist …

Jamina: Du verteidigst ihn wohl immer noch?

Mariam: *(leicht verlegen)* Nein. Natürlich nicht. Ich kann halt nicht verstehen, weshalb er so aggressiv reagiert hat. Auf der

Fahrt ins Hospital war er eigentlich ganz nett.

Jamina: Du hast ihm gefallen, das ist alles. Deshalb kann's sogar sein, dass er wieder hier auftaucht. Nimm dich nur in Acht, dass du dich nicht in ihn verliebst! Für die ist eine von uns doch nicht mehr wert als ein Straßenmädchen!

Mariam: Ich weiß. Die Juden heiraten nur untereinander. Selbst wenn die Frau keine Araberin ist, gibt es Schwierigkeiten. Keine Angst, ich werde mich doch nicht in einen Israeli verlieben – ich denke nicht daran! Es gibt genug attraktive Männer unter den Palästinensern, und der Richtige läuft uns schon noch über den Weg.

Jamina: Hoffentlich. Bei unseren begrenzten Möglichkeiten auszugehen ist's nicht leicht, den Passenden zu finden. Cousins habe ich genug, die hier in der Umgebung wohnen, aber die Zeiten sind vorbei, wo man sich den Mann von den Eltern aussuchen ließ. Ehe ich mich überreden lasse, einen von ihnen zu nehmen, bleibe ich lieber alleine. Ich habe ja wie du meinen Beruf ... *(zu dem Jungen, der sich entfernen will)* Hussein, bitte bleib in unserer Nähe!

(David erscheint. Er ist nicht in Uniform, sondern trägt ein Hemd im Safari-Look und Jeans. Er geht auf den Jungen zu, der ihn schüchtern anblickt und zu den Frauen läuft. Auch David kommt auf sie zu.)

Jamina: *(leise zu Mariam)* Wenn man vom Satan spricht ... Da ist er wieder, sogar in Zivil!

David: Hallo, ihr Schönen! Ich wollte mal fragen, wie's dem Jungen geht. Wie ich sehe, hat er sich gut erholt.

Jamina und Mariam: Hm.

David: Warum so zurückhaltend? Ich bin ganz privat hier. Die Gegend gefällt mir, und Jericho ist eine berühmte Stadt. Ich würde sie gern besichtigen.

Jamina: *(kalt)* Na dann tu's doch. Ihr könnt ja überall hin.

David: Aber allein macht's keinen Spaß. Außerdem kenne ich mich hier nicht so gut aus.

47

Jamina: Ach! Ihr seid doch über alles genau im Bilde! Habt ganz aktuelle Karten und wisst sogar, was für Leute in welchen Häusern wohnen. Wart ja neulich erst wieder hier, um uns zu schikanieren.

David: E u c h haben wir nicht schikaniert, wir haben euch sogar geholfen! Euer Junge ist noch rechtzeitig ins Hospital gekommen, und der schönen Mariam ist nichts geschehen. *(zu Mariam)* Stimmt's? Ich war doch nett zu dir!

(Mariam ist etwas rot geworden und blickt zu Boden)

David: Warum redest du nicht mit mir?

Mariam: Du hast ohne Grund auf Jaminas und Husseins Vater geschossen. Er wäre beinah gestorben, und jetzt ist er im Gefängnis.

David: Tut mit ja leid. Wenn ich gewusst hätte …

Mariam: *(erregt)* Was gewusst? Er hat überhaupt nichts getan, und du hast einfach losgeballert! Selbst im Krieg schießt man nicht auf unbewaffnete Zivilisten! Dann habt ihr ihn mitgenommen, und wir wussten nicht einmal, ob er noch lebt. Und wissen immer noch nicht, wie es ihm geht! Was seid ihr nur für Unmenschen!

David:*(etwas verlegen)* Na, immerhin lebt euer Junge noch und ist gesund geworden. Und nach dem Mann kann ich mich ja mal erkundigen.

Jamina: *(einlenkend)* Da könntest du zeigen, ob noch etwas Menschliches in dir ist.

David: Werde ich. Natürlich bin ich auch ein Mensch, und gerade darum habe ich halt einen Fehler gemacht.

Jamina: Solche Fehler haben Tausenden von uns das Leben gekostet, darunter vielen Kindern!

David: Na, na. Die Bombenanschläge eurer sogenannten Märtyrer haben wohl immer einen Bogen um Kinder gemacht? Und die Raketen, die vom Gazastreifen auf unsere Städte abgefeuert wurden? Wie viele von den Unseren haben eure Leute getötet? Um diesem Terror ein Ende zu machen, haben wir ja erst diese rigorosen Maßnahmen, über die ihr euch beschwert, ergreifen müssen!

Mariam: Und nicht davon abgelassen, obwohl „unsere Leute" schon lange auf Gewalt verzichtet haben und es seit Jahren keine Anschläge mehr gibt!

David: Vielleicht nur deshalb, weil wir so konsequent wachsam und allgegenwärtig geblieben sind.

Mariam: Ach! Die fortwährende Besatzung unseres Landes hat also den Frieden gebracht! Und eure Siedlungen auf unserem Boden! Die dort wohnen, sind ja auch die friedlichsten Menschen! Diese Fanatiker, die ausspucken, wenn sie einem Palästinenser begegnen, die ihn verprügeln, ihm seine Tiere töten oder gar auf ihn selber schießen!

David: Das sind doch Ausnahmen. Extremisten gibt's überall, aber sie sind doch selten geworden. Sowieso werden die Bewohner der Siedlungen immer weniger.

Mariam: Was du nicht sagst! Trotzdem brauchen sie immer noch so viel von unserem Wasser, dass für uns kaum das nötigste übrigbleibt.

David: Na, ich habe den Eindruck, die Gegend hier um Jericho ist ganz schön grün.

Mariam: Nicht überall! Hier, in Aqabat Jabr, sieht es doch sehr anders aus! In Eriha wohnen die Reichen. Dazu gehören die Menschen hier nicht.

David: *(scherzend)* Aber zu den Schönen! - Wie wär's also, wenn ihr mir nun einmal die Altstadt zeigtet?

Mariam: Ansonsten hast du keinen Wunsch? Was bildest du dir ein! Nur weil wir uns auf ein Gespräch mit dir eingelassen haben, heißt das noch lange nicht, dass wir etwas mit dir zu tun haben wollen. Du hast zwar geholfen, dass Hussein dahin kam, wohin ein schwerkrankes Kind gehört, aber solche Hilfe sollte selbstverständlich sein, wenn man dazu in der Lage ist. Und wir hätten diese Hilfe gar nicht gebraucht, wenn ihr uns nicht an der Fahrt gehindert hättet. Dafür hast du seinen Vater schwer verletzt und wir sind damit quitt. Geh du zu deinen israelischen Mädchen, denen solche Helden wie du bestimmt mehr imponieren!

David: *(ruhig)* Du bist noch hübscher, wenn du zornig bist.

Mariam: Sieh dich nur vor! Du weißt nicht, wozu ich imstande bin, wenn ich richtig wütend werde. Kennst du die Geschichte von Judith?

David: Habe sie bestimmt mal gehört, kann mich aber nicht mehr genau erinnern …

Mariam: Dann darf ich deinem Gedächtnis nachhelfen! Das war eine bescheidene Frau, die das arrogante Treiben der Feinde ihres Volkes nicht ertragen konnte, gegen sie betete und deren Feldherrn, dem sie gefiel, umbrachte!

David: Ach ja! Die man auf den Bildern immer mit dem abgeschlagene Kopf ihres Liebhabers sieht!

Mariam: Von wegen Liebhabers! Das hätte der gerne gehabt!

David: Wenn ich mich recht besinne, war die Dame eine Jüdin.

Mariam: Na und? Ich bin zwar eine Palästinenserin, aber aus der Bibel kann die ganze Welt was lernen, auch wenn sie von Juden aufgeschrieben worden ist. Obwohl ihr euch deshalb auserwählt fühlt, seid ihr doch nichts Besseres! Es gibt andere heilige Bücher, die ebenso wertvoll sind, aber die Völker, die sie besitzen, sind nicht so eingebildet wie ihr!

David: *(etwas verwirrt)* Na, na, nicht so viel auf einmal! Was du alles weißt! Ihr lernt anscheinend nicht nur Koranverse in der Schule –

Mariam: Ich bin Christin. Aber wir gehen hier alle in eine Schule und wir lernen, warum es uns u n d   e u c h   hier gibt.

David: *(lachend)* Und dass man seinen Feinden den Kopf abschlägt, nachdem man ihn ihnen verdreht hat!

Mariam: Das steht in der Bibel. Und dass euch alles erlaubt ist, wenn ihr nur Gott treu bleibt. Ob du gläubig bist, weiß ich nicht – aber w i r erlauben dir nicht, uns noch länger zu belästigen. Wir haben genug geredet, verschwinde endlich!

David: *(seufzend)* Gut. Ich gehe. Aber ich komme wieder.

(ironisch) Es war sehr interessant, mit euch zu plaudern! *(Er lächelt, macht eine Art leichte Verbeugung, geht zu dem Jungen und gibt ihm eine Tafel Schokolade. Der ist verdutzt, die Frauen schauen sich an. Dann geht er winkend davon.)*
Jamina: Was der sich einbildet! Der hat es wirklich auf dich abgesehen. Ein Israeli, ein Soldat und eine Palästinenserin!
Mariam: Sie denken, es gäbe für sie keine Grenzen und sie könnten sich alles erlauben. Aber da hat er sich getäuscht. Du hast ja gesehen, wie ich's ihm gegeben habe.
Jamina: Schon. Ich finde freilich, du hast ein bisschen z u viel geredet. Du hättest nicht so viele Worte machen und ihn deutlicher abblitzen lassen sollen. Er wird ganz sicher wiederkommen. *(Verächtlich)* Schenkt dem Jungen Schokolade! Hussein, komm einmal her! *(Der Junge kommt herbei und zeigt stolz die Tafel. Jamina nimmt sie ihm weg und sagt:)* Die heben wir auf. *(Dann geht sie ins Haus, Mariam und der Junge folgen ihr. Bevor Mariam die Tür schließt, schaut sie noch einmal in die Richtung, in der David verschwunden ist.)*

SZENE XI

Konferenzraum im Sitz der palästinensischen Autonomiebehörde.
Premier, Innenminister, Bildungsminister, Wirtschaftsminister

Premier: Ich möchte, wie gewohnt zunächst im kleinen Kreis, die aktuelle Situation in unserem Lande mit Ihnen besprechen. Mir ist zu Ohren gekommen, dass man in Jerusalem langsam nervös wird. Die deutliche Veränderung der Bevölkerungsstruktur in Israel und der enorme Zuwachs der Population auf unserem Gebiet in den letzten dreißig Jahren macht eine neue Strategie im Umgang mit uns überfällig. Zumal der Druck des Auslands und der UNO, endlich dies Nahostproblem zu lösen, sich erheblich verstärkt hat. Die Einschnürung unserer Städte und Dörfer durch Siedlungen, hohe Mauern und unzählige militärische Kontrollposten hat sich seit Jahrzehnten nicht geändert, im Gegenteil, sie wurde strikt aufrechterhalten, wenn nicht gar perfektioniert. Für unsere wachsende Bevölkerung ist es immer enger geworden, während die Bevölkerungszahl Israels nicht nur stagniert, sondern sogar am Abnehmen ist.

Innenminister: Ja, es gibt kaum noch Einwanderer. Jahrzehntelang hat man sich bemüht, die Juden aus aller Welt nach Israel einzuladen – auch wenn sie schon seit tausend Jahren in anderen Ländern heimisch geworden waren. Allen konzedierte man ein Rückkehrrecht ...

Wirtschaftsminister: Was man unseren Leuten, die seit tausend Jahren hier lebten und die man zur Flucht getrieben hatte, immer verweigerte!

Innenminister: Weil man das befürchtete, was jetzt eingetreten ist, nämlich eine Minderheit im eigenen Staat zu werden.

Premier: Ja. Da die Einwanderer nicht mehr kommen, sogar zum Teil wieder ausgewandert wird, steht man vor einem ziemlichen Dilemma. Nichtjuden aus Asien oder Afrika, die in Europa längst schon einen Großteil der Bevölkerung ausmachen, will man aber auch nicht haben.

Bildungsminister: Doch die Juden in Amerika und den anderen westlichen Ländern denken nicht mehr daran, ihr sicheres Leben aufzugeben. Die Begeisterung für den Zionismus ist abgeflaut, wie überhaupt der Nationalismus in den entwickelten Ländern auf dem Rückzug ist. Er hat schließlich zu zwei Weltkriegen geführt und sich somit vor der Geschichte disqualifiziert. Die Gründung des Judenstaats war eigentlich ein anachronistisches Nachspiel.

Premier: Na ja, wenn man in der Geschichte drin steckt, ist es schwer, ihren Verlauf abzusehen. Nach dem Sieg über Deutschland hat wohl kaum einer geahnt, wie rasch das britische Kolonialreich zerfallen würde ... Und diesen langen Ost-West-Konflikt! Als der schließlich vorbei war und man auf den ewigen Frieden hoffte, kam der Islamismus.

Bildungsminister: Nicht ohne Schuld des Westens, der glaubte, sich wo immer es ihm notwendig erschien, in die Politik von anderen Staaten einmischen zu dürfen.

Innenminister: Unser ungelöstes Problem trug freilich auch seinen Teil dazu bei. Es gab den Vorwand für die vielen unsinnigen Terroraktionen, die uns letztlich mehr schadeten als nützten.

Premier: Unser Problem ist zwar noch immer nicht gelöst, aber ich denke, wir sind dem Ziel näher denn je gekommen, und zwar mit ausgesprochen friedlichen Mitteln.

Innenminister: *(lachend)* Sie meinen unseren Kindersegen. Wer hätte das gedacht, dass trotz der engen Verhältnisse, der drückenden Armut und ungewissen Zukunft unser Volk so wachsen würde?

Bildungsminister: Na ja, es ist eine altbekannte Tatsache, dass Arme mehr Kinder kriegen als Wohlsituierte. Wer sonst nichts vom Leben hat, der zeugt eben Kinder. Auch noch im Zeitalter der unproblematischen Geburtenregelung. Trotz der Enge unserer Wohnungen, der Einmauerung unseres immer kleiner gewordenen Lebensraums haben wir es geschafft, erheblich mehr zu werden als die Israelis.

Premier: *(zum Innenminister)* Nun rücken Sie mal mit den Zahlen heraus!

Innenminister: Also, in den legalen israelischen Gebieten, das heißt in den Grenzen vor achtundsechzig, leben zur Zeit zwei Millionen Palästinenser. Mehr als vor der israelischen Staatsgründung in ganz Palästina.

Bildungsminister: Juden gab's damals nur sechshunderttausend!

Innenminister: Ja, und trotzdem wurde ihnen, unter dem Eindruck der Verfolgung in Hitlers Europa, mehr als fünfzig Prozent des Landes zugesprochen, welchen Anteil sie dann illegal noch erweiterten!

Premier: Das wissen wir ja alle. Doch nun: Wie viele sind wir hier, in unserem eingezäunten Landesrest?

Innenminister: Wir sind knapp über vier Millionen. Ebenso viele wie die Israelis in ganz Palästina. Mit den Arabern in Israel sind wir also sechs Millionen – ein Drittel mehr als die Israelis.

Premier: Was ihre wachsende Nervosität erklärt.

Innenminister: Hinzu kommt, dass das Durchschnittsalter bei uns unter achtzehn Jahren liegt. Das der Israelis ist ist mindestens doppelt so hoch.

Premier: Mit anderen Worten: Sie haben die Macht und wir die Zukunft.

Innenminister: So kann man's sehen. Noch aber leben wir in der unerfreulichen Gegenwart. Die Mauer behindert nicht nur unsere Bewegungsfreiheit, sondern auch unsere wirtschaftliche Entfaltung. Gäbe es die Hightech nicht, wären unsere Menschen längst am Verhungern.

Wirtschaftsminister: Nahe am Verdursten sind wir freilich immer noch. Das Wasserproblem muss am dringendsten gelöst werden. Die Israelis verbrauchen sechsmal mehr Liter pro Tag als wir, und das zum Teil aus den Quellen, die sich auf unserem kleinen Territorium befinden. Wenn wir unserer Bevölkerung nicht beigebracht hätten, so sparsam mit der geringen Menge, die uns zugestanden wird, umzugehen, wäre ein großer Teil unserer Jugend zur Auswanderung gezwungen gewesen.

Innenminister: Das hätte man gerne gesehen, das Problem mit den Palästinensern durch deren 'freiwillige' Abwanderung zu lösen …

Wirtschaftsminister: Es hätte ja auch ganz anders gehen können. Unsere Leute hätten weiter bei den lieben 'Vettern' Arbeit gefunden, wir hätten uns nach und nach integriert und wären eines Tages als gleichwertige Menschen behandelt worden. Wenn wir nicht die Intifada gehabt hätten. Dann hätte man vielleicht auch diese Mauer nicht gebaut.

Bildungsminister: Nur, die Intifada hatte ja ihren Grund, um nicht zu sagen ihre Gründe. Man sah damals keinen anderen Weg.

Premier: Leider. Und er kostete so viele Opfer, auf beiden

Seiten.

Innenminister: Vor allem auf der unseren. Es gibt wohl keine palästinensische Familie, die nicht eines oder mehrere ihrer Mitglieder verloren hat. Oder? *(Er schaut die Kollegen an, die zustimmend die Köpfe bewegen.)* Gott sei Dank hat wenigstens d i e s e r Horror aufgehört.

Innenminister: Und dank der Politik, die wir nach Arafat eingeleitet haben. Es war ja nicht einfach, den jungen Menschen ihre Gewaltfantasien auszutreiben. Glücklicherweise ist Gaza dann an Ägypten gekommen – wir hätten nicht die Macht gehabt, die sinnlose Strategie der Hamas-Leute dort zu ändern.

Premier: Nun gibt es seit fast drei Jahrzehnten keine gewaltsamen Versuche mehr, unsere Rechte durchzusetzen oder auf sie aufmerksam zu machen. Es war das Genie meines hochverehrten Vorvorgängers *(er zeigt auf ein Foto an der Wand)*, des leider viel zu früh verstorbenen Abu al Hikma, das dieses Wunder vollbracht hat. „Keine Märtyrer mehr, wir wollen leben!" Und den Menschen klarzumachen, was „leben" heißt. Nicht dieses stumpfe Dahinvegetieren und das Warten auf Wunder, die von oben oder außen kommen, sondern die Wunder in uns vollbringen. Lernen, tätig sein, Phantasie entwickeln ... Er hat es erreicht. Die Menschen haben ihm vertraut und angefangen, sich zu ändern. Eine der wichtigsten Veränderungen betraf unser Bildungssystem, das sich nun mit den besten in der Welt vergleichen lässt. Nicht zuletzt auch dank Ihrer Bemühungen. *(Er schaut den Bildungsminister an.)*

Bildungsminister: Nun ja ... Viel verdanken wir heute den modernen Kommunikationsmitteln, durch die wir mit den bedeutendsten internationalen Wissenschaftszentren vernetzt sind und die die persönliche Anwesenheit von Experten und Lehrkräften nicht mehr unbedingt erfordern. Und wo dies doch notwendig ist, verfügen wir – Allah sei gepriesen – über hoch qualifiziertes Personal.

Wirtschaftsminister: So haben wir zur Zeit einen gewaltigen

Überschuss an gut ausgebildeten Fachkräften, von denen freilich die meisten auf eine angemessene Arbeitsstelle warten. Leider verlieren viele – verständlicherweise – die Geduld und denken an eine Zukunft im befreundeten Ausland.

Innenminister: Warten … Die jahrzehntelange Haupttätigkeit unseres Volkes. Die vertane Zeit nach der Gründung des israelischen Staates. Der Glaube, dass sich alles zum Guten wenden würde, weil die Weltgemeinschaft den neuen Staat in immer neuen Resolutionen kritisierte …

Premier: Resolutionen, denen nie nachgekommen wurde!

Innenminister: Dennoch gab es nie Sanktionen, auch wenn das Völkerrecht und die Menschenrechte offensichtlich und immer wieder verletzt wurden.

Premier: Es waren die USA mit ihrer starken jüdischen Lobby, die das verhinderten und unerschütterlich zu Israel standen.

Innenminister: Eben. Doch nicht zuletzt auch der großen Zahl fundamentalistischer Christen wegen, die in Palästina ebenfalls ihr Heiliges Land sehen und die Muslime für Heiden und potentielle Terroristen halten.

Bildungsminister: Besonders seit jenem Anschlag auf das World Trade Center in New York.

Innenminister: Wo auch viele Muslime umkamen!

Premier: Ja. Aber es waren eben Muslime, die den Anschlag ausführten. Es war schon schrecklich. Andererseits – die dreitausend Toten, die wir damals während der Intifada zu beklagen hatten, wurden von der Welt kaum wahrgenommen. Nun, das sind alte Geschichten. Wir haben ja erfahren, dass das Aufrechnen des Leids, das man sich gegenseitig angetan hat, nichts bringt.

Bildungsminister: Was schon Südafrika nach dem Befreiungskampf erkannt hat. Die Versöhnungskommissionen waren eine kluge, effektive Einrichtung. Was wäre aus dem Staat geworden, hätten die Farbigen sich für das Unrecht der Apartheidszeit gerächt, die Weißen konsequent bestraft und aus dem Land vertrieben?

Wirtschaftsminister: Das kann man noch am Nachbarland erkennen. - Ja, ein weitsichtiges Experiment der Menschlichkeit, das funktionierte. Heut ist Südafrika die führende Industriemacht des Kontinents. Die Homelands gibt's nicht mehr, die Trennung zwischen Schwarz und Weiß ist ganz und gar verwischt und aufgehoben.

Innenminister: Wenn wir es hier doch so weit bringen könnten! Wir sind zwar keine Farbigen, doch für die Herren unseres Lands auch Menschen zweiter Klasse.

Premier: Vielleicht ist eine wesentliche Änderung unserer Lage gar nicht mehr so fern. *(zum Wirtschaftsminister)* Wie steht es denn im Augenblick mit unserer Wirtschaft?

Wirtschaftsminister: Nun ja ... Es ist den Herren hier im Prin-Prinzip doch bekannt. Die Beschränktheit unserer Ressourcen, die Behinderung im Handel und Verkehr beeinträchtigen die Entwicklung noch immer allerorten. Zwar haben sich die existierenden Industrieparks, Jenin vor allem, gut entwickelt, doch es fehlt die Möglichkeit zur Ausdehnung und zur Errichtung neuer. Auch die kleinen Unternehmen auf dem Lande platzen aus allen Nähten. Unsere Wirtschaft könnte viel mehr leisten, wenn man sie ließe. Vor allem auch bei dem enormen Potential an bestens ausgebildeten akademischen und fachkundigen Arbeitskräften, das ungeduldig darauf wartet, eingesetzt zu werden. So lebt ein großer Teil unserer Bevölkerung bis jetzt unter der Armutsgrenze, und wir sind weiterhin auf die Hilfsgelder unserer ausländischen Freunde angewiesen.

Premier: *(an Innenminister)* Wie sieht es mit der medizinischen Versorgung aus?

Innenminister: Praktische Ärzte gibt's wohl ausreichend, doch fehlt es uns an Spezialisten. Es gibt einfach zu wenig Hospitäler für die stark angewachsene Bevölkerung. Zum Glück gibt es bei dem großen Anteil der Jugend kaum Probleme. In diesem Alter ist man noch gesund, und wir betreiben eine wirkungsvolle

Prophylaxe. Erheblicher Verbesserungen bedarf es landesweit freilich auch noch auf dem Gebiet der Hygiene – es fehlt halt überall das Wasser. Wir brauchten Schwimmbäder, und besser noch ein Stückchen Meeresstrand ...

Premier: Alles in allem immer noch ein Volk im Wartestand ...

Innenminister: Ja, nur – worauf. Es wartet seit fast hundert Jahren auf die Verbesserung seiner Lage und auf den eigenen Staat.

Premier: Ersteres steht bevor, die Zeit ist reif. Doch wie, frage ich mich, sollen wir auf diesem Flickenteppich, der mit wohlbedachtem Vorsatz aus unserem einst zusammenhängenden Gebiet gemacht wurde, einen halbwegs souveränen Staat errichten? Unser Land ist durchsetzt mit hunderten israelischen Siedlungen, mit Mauern umgeben wie die Städte im Mittelalter, mit modernen Straßen verknüpft, die rücksichtslos unsere Landschaft durchschneiden und uns nicht einmal zugänglich sind! Schauen Sie auf die Karte! *(Er weist auf eine große Karte an der Wand, auf der die Siedlungen der Israelis im Westjordanland eingezeichnet sind.)* Mit den paar eingegrenzten Quadratkilometern, die unserer Verwaltung noch unterstellt sind, ist nimmermehr ein wirklich eigenständiges Staatswesen aufzubauen. Auch wenn die ganze Welt es uns jetzt zugestehen würde. Es muss eine andere Lösung gefunden werden, wenn wir nicht bis in alle Ewigkeit der Dominanz und Willkür der Israelis unterworfen bleiben wollen.

Innenminister: Die Lösung bahnt sich, wie ich denke, bereits an. Bei den Israelis ist seit längerem ein Denkprozess im Gange. Sie haben durchaus den enormen Rückgang ihrer Bevölkerung und unser starkes Wachstum registriert. Der einmal angestrebte rein jüdische Staat ist ja nie Wirklichkeit geworden. Selbst in der so gern zitierten biblischen Vergangenheit hat es den nie oder nur kurz gegeben. Seit seiner Neugründung lebt man dort mit Arabern zusammen, die mittlerweile gut ein Drittel der Bevölkerung ausmachen. (Davon abgesehen, dass sie anfangs ja deutlich die Mehrheit waren.) Warum soll man sich da nicht mit uns, dem großen Rest des Lands, zusammenschließen? Die Strategie der Knebelung unseres Volks mit militärischer Gewalt ist jedenfalls nicht mehr sehr lange durchzuhalten.

Bildungsminister: Ein ungeteiltes Palästina, wo alle Bürger gleiche Rechte hätten! Das würde nicht nur uns Vorteile bringen. Dieses Mauermonstrum, dessen Unterhalt und Überwachung Unsummen kostet, desgleichen die so hochgerüstete Armee – die immer noch vorhandene Angst vor unseren Ansprüchen, Rückkehr- oder gar Racheplänen, die ständigen Ermahnungen und Vorwürfe der Weltgemeinschaft – das alles würde verschwinden und dieses Land wieder zu einem, wo Milch und Honig fließt, machen, wie es in der Bibel heißt.

Premier: Sie haben eine starke Fantasie!

Bildungsminister: Ohne Fantasie keine Vision, ohne Vision keine kreative Änderung der Realität. Denken wir nur an Mao Zedong oder Gandhi oder den bei uns nicht grad beliebten Herzl – alles Menschen, deren fantastische Visionen Wirklichkeit geworden sind.

Innenminister: Ich finde die Gedanken des Kollegen gar nicht so illusorisch. Die Nervosität der israelischen Regierung, von der Sie sprachen *(schaut den Premier an)*, zeugt davon, dass sie erkannt hat oder doch zumindest spürt, dass es wie bisher in diesem Land nicht weitergehen kann. Das mühsam mit Gewalt gehaltene Gleichgewicht in der Region ist nicht mehr lang aufrecht zu halten. Die Waagschale senkt sich zu unseren Gunsten. Die Israelis werden das Verhältnis zu uns ganz neu regeln müssen.

Premier: Schön, dass ihr das so seht. Wir sollten also wieder mal mit ihnen sprechen. Obwohl es nie etwas gebracht hat.

Innenminister: Was tut's? Noch nie war der Zeitpunkt so günstig. Seit die ganz Rechten und die radikalen Orthodoxen nicht mehr am Ruder sind, könnte man doch ganz vernünftig miteinander sprechen.

Premier: *(zum Innenminister)* Würden Sie sich um einen Ter-

59

min kümmern?

Innenminister: *(weist auf den Wirtschaftsminister)* Ich schlage den Kollegen vor, er hat ja fortlaufend Kontakte.

Premier: *(zum Wirtschaftsminister)* Einverstanden?

Wirtschaftsminister: Ich werd's versuchen.

Bildungsminister: *(scherzend)* Nur durch Versuch und Irrtum hat es die Wissenschaft so weit gebracht.

Premier: In der Gesellschaft freilich gelten andere Gesetzte.

Bildungsminister: Die hat noch niemand allgemeingültig herausgefunden. Dafür eröffnen sich dort immer neue Wege!

SZENE XII

Büro in einer israelischen Kaserne

Der Unteroffizier, der Fathi verhört hat, hinter einem Schreibtisch. David, in Uniform, tritt ein, grüßt militärisch und bleibt an der Tür stehen.

Unteroffizier: *(weist auf einen Stuhl vor dem Schreibtisch)* Setzen Sie sich. In welchem Dienstjahr sind Sie?

David: Im dritten.

Unteroffizier: Da kennen Sie ja die Regeln, die in unserer Armee gelten.

David: Ja.

Unteroffizier: Und warum haben Sie sich nicht daran gehalten? Gegen Sie liegt Anzeige wegen Regelverstoß vor. Sie sollen einen Palästinenser ohne triftigen Grund schwer verletzt haben!

David: Der Mann erschien mir verdächtig. Er wollte sich der Kontrolle entziehen. Das habe ich versucht zu verhindern.

Unteroffizier: Hm. Der Mann war mit zwei Frauen und einem Kind auf dem Weg ins Krankenhaus. War das nicht zu erkennen, dass es sich um eine harmlose Gruppe handelte?

David: Wir haben gelernt, es gibt keine harmlosen Palästinenser. Eine kleine Unaufmerksamkeit kann Leben kosten. Alle

Palästinenser sind potentielle Attentäter. Selbst Frauen sind immer verdächtig.

Unteroffizier: Stimmt. Das haben Sie gelernt. Doch Sie haben auch regelmäßig Schulungen. Dabei wird stets die aktuelle Lage besprochen. Zum Beispiel, wie die Stimmung in der palästinensischen Bevölkerung ist, wann die letzten Anschläge verübt wurden und wie wahrscheinlich mit neuen zu rechnen ist. Und es werden Verhaltensmaßregeln gegeben. Was wurde Ihnen in den letzten Unterweisungen gesagt?

David: Dass es schon lange keine Anschläge mehr gegeben hat, und dass wir den Palästinensern gegenüber bestimmt, aber korrekt auftreten sollen.

Unteroffizier: Finden Sie Ihr Verhalten jenem Mann gegenüber korrekt? Er war unverkennbar unbewaffnet!

David: Ich war aufgeregt. Es hat mir später auch leidgetan, dass ich so überreagiert habe.

Unteroffizier: Na, immerhin.In Zukunft denken Sie daran, dass wir solche Zwischenfälle unbedingt vermeiden müssen. Seit geraumer Zeit sind unsere Palästinenser auf erstaunlich konsequentem Friedenskurs, was der Welt stark imponiert und auch uns zugutekommt. Darum muss alles unterbleiben, was sie provoziert. Ich will nie mehr über Sie eine Beschwerde hören! Haben Sie verstanden? Für diesmal kommen Sie mit einer Verwarnung davon.

David: Darf ich fragen, wie es dem Mann geht?

Unteroffizier: Na, er hat's überlebt. Er hat halt einen Lungendurchschuss und viel Blut verloren. Wir entlassen ihn, wenn seine Wunde verheilt ist.

SZENE XIII

Siedlung Aqabat Jabr. Fathis Haus.
David, Mariam. David, in Zivil, klopft an die Haustür.
Mariam: *(öffnet die Tür und wird beim Anblick Davids rot)* Ach,

du schon wieder! Was willst du?

David: Zunächst wollte ich euch sagen, dass es eurem Vater -

Mariam: Er ist Jaminas Vater. Meiner lebt nicht mehr.

David: - also Jaminas Vater den Umständen entsprechend halbwegs gut geht. Er wird in einem Hospital ordentlich versorgt und wird so bald wie möglich entlassen.

Mariam: Woher weißt du das? Hast du ihn gesehen, gesprochen?

David: Ich weiß es von meinem Vorgesetzten. Er hat mich zur Rede gestellt und sogar verwarnt.

Mariam: Ach, so was gibt's? Ich dachte, uns gegenüber dürft ihr euch alles ungestraft erlauben.

David: Du siehst, ganz so ist's nicht. Aber lass uns von was anderem reden. Weißt du, weshalb ich komme?

Mariam: Du willst was von mir!

David: Ja, irgendwie stimmt das schon. Du gefällst mir viel mehr als jedes andere Mädchen, das ich kennengelernt habe. Ich hatte dich bereits das letzte Mal gefragt, ob du mir das alte Jericho nicht zeigen willst. Du würdest mir eine sehr große Freude machen, und ich schwöre, ich werde mich korrekt verhalten!

Mariam: Und ich habe dir das letzte Mal bereits gesagt, dass du dich zum Teufel scheren sollst!

David: Ich weiß nicht, wo ich diesen Typen finden kann. Doch ich weiß, wo ich einen Engel finde, nämlich hier!

Mariam: Solltest du mich meinen – ich bin keiner. Und wenn ich einer sein könnte, so wäre ich ein Racheengel! *(leiser, mit gesenktem Blick:)* Obwohl die Rache uns verboten ist. Eigentlich sollen wir sogar unsere Feinde – *(sie beißt sich auf die Zunge)*

David: Lieben! Sprich es nur aus!

Mariam: Das hat nichts mit Mann und Frau zu tun! Es ist ein allgemeines religiöses Gebot, das einzuhalten freilich nur den wenigsten gelingt. Und erst recht hier in Palästina.

David: Willst du es nicht einmal mit mir versuchen? Zumal ich gar nicht dein Feind bin!

Mariam: Das glaub ich dir sogar. Ein Frauenfeind bist du nicht, eher ein Frauenfreak! Du hast bestimmt genug Freundinnen, mit denen du spazieren gehen kannst – auch in Jericho!

David: Ich habe keine Freundin, Ehrenwort!

Mariam: *(etwas zögernd)* Dein Ansinnen kannst du dir dennoch aus dem Kopfe schlagen. Was sollen denn die Leute denken, wenn sie mich mit einem israelischen Soldaten zusammen sehen würden!

David: Erstens weiß ja keiner, dass ich Israeli bin. Und zweitens schon gar nicht, dass ich noch zur Armee gehöre. Ich bin doch nicht in Uniform!

Mariam: Trotzdem. Hier ist praktisch Moslemland. Da geht kein unverheiratetes Mädchen mit einem fremden Mann spazieren.

David: Du hast doch gesagt, du seist Christin! Du trägst ja auch kein Kopftuch wie die Musliminnen!

Mariam: Doch, draußen schon. Es ist eben die Sitte.

David: Dann bind' dir eben eines um! Mich stört das nicht. Ich sehe dann immer noch dein hübsches Gesicht.

Mariam: Aber mich stört deine Penetranz! Ich mag mich einfach nicht zusammen mit dir zeigen – zumal hier, wo mich jeder kennt!

David: Also würdest du's an einem anderen Ort tun?

Mariam: Das hab ich damit nicht gesagt.

David: Aber eingeräumt. Mariam, ich bitte dich, mach mir die Freude. Wir können gehen, wohin du willst. Meinetwegen sogar in die Wüste!

Mariam: Das schon gar nicht. Aber … Wenn ich jetzt weggehe, ist niemand zu Hause, wenn Hussein aus der Schule kommt.

David: Das lässt sich doch regeln. Vielleicht kann sich eine Nachbarin um ihn kümmern?

Mariam: *(nachdenkend)* Vielleicht. Ich muss sehen ...

David: Siehst du, du bist doch ein kluges Mädchen! Du weißt nicht, wie oft ich in der letzten Zeit an dich gedacht habe und was du mir bedeutest. Ich möcht' mit dir über so vieles reden. Gib mir die Chance, dir meine Aufrichtigkeit, meine Anständigkeit zu beweisen.

Mariam: *(entschlossen)* Gut. Also Jericho. Aber jeder geht allein dorthin. Wir treffen uns dann vor der großen Moschee am Ortseingang.

David: *(Nimmt mit beiden Händen Mariams Hand und drückt sie)* Wenn du wüsstest, wie glücklich du mich mit der Antwort machst! - Wie lange brauchst du, um dahin zu kommen?

Mariam: In einer Stunde bin ich dort.

David: Gut. Ich habe meinen Wagen am Kontrollpunkt stehen, da kann er bleiben. Ich gehe auch zu Fuß. Bis gleich! *(Während er sich entfernt, dreht er sich noch ein paar Mal um und winkt fröhlich.)*

Mariam: *(zu sich selbst)* Ich weiß nicht, ob das richtig war. Jamina wird es nicht gefallen, aber der Typ gefällt mir schon. Wenn er doch nur kein Israeli wäre!

SZENE XIV

Gartenrestaurant in der Altstadt Jerichos
Mariam und David an einem Tisch, auf dem Kaffeetassen und Wassergläser stehen. Mariam hat die Haare zu einem dicken Pferdeschwanz zusammengebunden, trägt Jeans, eine Jeansjacke und eine große Sonnenbrille. An den anderen Tischen Palästinenser und einige westliche Touristen.

David: Ich hätte nicht gedacht, wie schön eine palästinensische Stadt sein kann. So viel Grün, so sauber. Zumal wenn man bedenkt, wie alt sie ist.

Mariam: Na, die Stadt, die wir besichtigt haben, ist wohl kaum älter als hundert Jahre. Das alte Jericho liegt unter dem Tel, wir haben ja die Ausgrabungen gesehen.

David: Richtig. Das war das, was Josua mit seinen Posaunen erobert hat.

Mariam: So steht es jedenfalls in der Bibel. Und dass die Kundschafter, die die Israelis vorher hineingeschickt hatten, von einer Hure beschützt wurden.

David: Was du alles weißt!

Mariam: Ja, wir haben guten Religionsunterricht und kennen selbst das alte Testament vielleicht besser als manche Juden. *(schaut David spöttisch an)*

David: Ich gebe zu, dass ich nicht sehr fromm bin und mich für die Religion kaum interessiert habe.

Mariam: Man sagt, viele Israelis glauben nicht mehr an Gott, aber daran, das er ihnen dieses Land zugewiesen habe. Darum steht es ihnen zu, auch wenn die anderen, die dort ungehöriger-weise leben, eben erst einmal eliminiert werden müssen, wie die Einwohner des alten Jericho. Die alle, Männer, Frauen und Kinder, umgebracht wurden – nur die Familie der Hure Rahab wurde aus Dankbarkeit verschont. *(sehr ernsthaft)* Und sie wohnt in Israel bis auf diesen Tag.

David: *(lachend)* Dann wäre sie aber sehr alt!

Mariam: So steht es in der Schrift. 'Dieser Tag' trägt freilich kein Datum und darum ist das wohl symbolisch gemeint.

David: ich weiß wohl, dass man solche alten Texte nicht wört-lich nehmen darf. Und in der Tat, Huren gibt es durchaus noch in Israel.

Mariam: *(spitz)* Kennst du welche persönlich?

David: Nein, natürlich nicht.

Mariam: Du hattest aber schon Freundinnen!

David: Na ja, wie das so ist. Nichts Festes. *(ablenkend)* Aber mal was ganz anderes: Wieso sprichst du so gut hebräisch?

Mariam: Ich habe es als Zweitsprache in der Schule gelernt. Ich nehme an, du sprichst kein Arabisch?

David: Richtig. Nur noch Englisch. Wir sprechen es auch zu Hause, denn meine Eltern stammen aus den USA. Ich bin zwar

65

noch dort geboren, aber bald nach meiner Geburt ist meine Familie nach Israel ausgewandert.

Mariam: Ging es euch in Amerika so schlecht?

David: Im Gegenteil. Mein Vater hatte eine kleine Firma, die wohl ganz gut gelaufen ist. Er hat sie verkauft und mit dem Geld hier eine neue Existenz gegründet.

Mariam: Und warum seid ihr hergekommen, wenn's euch doch in eurem Lande gut ging?

David: Mein Vater hat sich immer schon für Israel interessiert und an dem Geschehen in diesem Land intensiv Anteil genommen. Er war lange Mitglied in einem Förderverein, der sich besonders um die Neubesiedlung Judäas und Samarias kümmerte. Von einer Informationsreise, zu der man ihn eingeladen hatte, kam er so begeistert zurück, dass er beschloss, überzusiedeln.

Mariam: Dass in diesen Gebieten seit Jahrhunderten Araber leben, hat ihn nicht gestört?

David: Doch, eben. Aber er ist wie viele patriotisch gesinnte Israelis der Meinung, dass die Araber hier nicht hingehören – wir waren doch zuerst da.

Mariam: Wir haben gerade darüber gesprochen, dass dieses Land erst von den Juden erobert werden musste. Und dann wart ihr da, stimmt, bis vor zweitausend Jahren. Dann hat man euch rausgeworfen, und es wurde unsere Heimat.

David: In der Bibel steht nun mal, dass es den Juden von Gott zugesprochen worden ist.

Mariam: Ja, das sagen sie immer wieder. Doch was hat das mit Recht zu tun? Auch uns hat Gott dieses Land gegeben!

David: Man darf den Hauptgrund nicht vergessen, weshalb der neue Staat entstanden ist: Die Shoa. Die Verfolgung der Juden Europas und die grausame Vernichtung eines großen Teils von ihnen veranlasste die UNO, uns einen Teil von Palästina zuzusprechen. Zumal es hier gar keinen anderen Staat gab.

Mariam: Aber andere Menschen! Viel mehr als Juden! Euer Staat wurde auf Kosten eines anderen Volkes geschaffen, das frei von jeder Schuld an eurem Elend war! Ihr hättet von den Deutschen Land fordern sollen.

David: Was soll ich dazu sagen? Die Juden hatten nun mal Palästina, vor allem auch Jerusalem, im Kopf. Dahin zurückzukehren haben sie zweitausend Jahre lang gebetet. Und als die Chance da war, hat man sie ergriffen.

Mariam: Um welchen Preis! Du siehst ja an dieser Stadt, wie wir Araber im ganzen Lande leben könnten. Und an meinem Wohnort, wie wir leben müssen.

David: Aber wir sind ja nun mal da!

Mariam: Das ist wohl nicht zu ändern, und das will auch niemand mehr ändern. Ändern kann und muss man aber die Art unseres Umgangs miteinander.

David: Was wir zwei ja grad versuchen!

Mariam: Nun ja. Das geht freilich nur, wenn wir vergessen, was vorausgegangen ist. Mit dem Prinzip „Aug' um Auge, Zahn um Zahn", das ihr und wir jahrzehntelang befolgten, haben wir ja nichts erreicht. Also müssen wir nach einem anderen Weg suchen. Haben nicht Araber und Juden in diesem Land friedlich miteinander gelebt? Und auch in den anderen arabischen Ländern?

David: Das stimmt. Aber nach der Gründung unseres Staates wurden die Araber unsere erbittertsten Feinde.

Mariam: Welches Volk lässt freiwillig ein anderes auf seinem Gebiet siedeln? Es gab zwar den UN-Beschluss, doch die Betroffenen wurden nicht gefragt.

David: In diesem Fall hätte es unseren Staat hier nicht gegeben. Und ich hätte dich nie kennengelernt! *(Er versucht, ihre Hand zu fassen, die sie aber zurückzieht.)*

Mariam: Das wäre kein Unglück gewesen.

David: Für mich schon. Es ist wunderbar, hier mit dir zu sitzen und zu plaudern. Ich wünschte, dieser Tag hätte kein Ende!

Mariam: Hat er aber. Wie unser Gespräch. Ich muss jetzt gehen. *(Sie steht auf, er auch und macht Anstalten, sie zu begleiten.)* Bitte warte noch ein paar Minuten hier. Wir haben sowieso verschiedene Wege. Danke für den Kaffee.

David: Mariam, wann sehen wir uns wieder?

Mariam: Ich weiß nicht.

David: Hast du ein Handy?

Mariam: Ja.

David: Bitte gib mir die Nummer!

Mariam: Finde sie heraus. Euer Geheimdienst ist ja der beste der Welt! *(Sie geht, ohne sich umzublicken.)*

David: *(zu sich selbst)* Ich kriege sie, und ich kriege dich!

SZENE XV

Konferenzraum im Sitz der palästinensischen Autonomiebehörde
Premier, Innenminister, Bildungsminister, Wirtschaftsminister

Premier: *(zum Wirtschaftsminister)* Wir sind gespannt auf Ihren Bericht.

Wirtschaftsminister: Zunächst haben die Staatssekretäre miteinander gesprochen. Die israelische Seite scheint die politische Großwetterlage tatsächlich realistisch einzuschätzen. Auch macht man sich keine Illusionen über die wirtschaftliche und finanzielle Situation des Staates. Die Kosten für den seit je überdimensionierten 'Verteidigungshaushalt' sind nur mit größter Mühe aufzubringen, da man bei der Höhe der Schuldenlast kaum noch Kreditgeber findet.

Innenminister: Ja, die USA können schon lange nicht mehr helfen. Sie sind selber in den größten Schwierigkeiten. Indien und China, die neuen Großmächte, haben kein Interesse an Israel und machen ihre Geschäfte lieber mit den reichen und immer noch boomenden arabischen Staaten und den halbwegs sanierten Europäern.

Premier: So ist es. *(zum Wirtschaftsminister)* Doch kommen wir auf den Punkt. Ist eine ernsthafte Gesprächsbereitschaft jetzt vorhanden?

Wirtschaftsminister: Ja, durchaus.

Bildungsminister: Erstaunlich, da die extreme Rechte, die Nationalisten und Ultraorthodoxen, doch noch eine erhebliche politische Kraft darstellt, die jeden Kontakt mit uns ablehnt! Geschweige bereit wäre, ernsthaft zu verhandeln oder gar Kompromisse einzugehen.

Premier: Sie hat freilich seit längerem keine Mehrheit mehr im Parlament, auch wenn ihre Presse weiterhin Gift und Galle spuckt. Aber eine realistische Sicht der Dinge ist ja nie von allen Teilen der Bevölkerung zu erwarten. Auch bei uns gibt es noch eine Anzahl solcher Leute ...

Bildungsminister: *(nickend)* Zum Glück ist es uns gelungen, diese Unbelehrbaren zu neutralisieren. Sie waren es ja, die unser Unglück vertieft und immer wieder verlängert haben.

Innenminister: Verlängert, ja. Doch nicht verursacht. Das waren andere …

Premier: Mit denen wir jetzt endlich mal erfolgversprechende Verhandlungen anstreben. Deshalb müssen wir so rasch wie möglich einen Katalog von Vorschlägen erarbeiten, die die Chance haben, von der anderen Seite ernsthaft bedacht zu werden.

Innenminister: Unsere Besprechung wird ja protokolliert. Meine Abteilung wird die Ergebnisse zusammenfassen und ein Papier mit unseren Vorstellungen erstellen.

Premier: Gut. Beginnen wir.

Bildungsminister: Zunächst sollten wir einräumen, dass wir auf die Errichtung eines eigenen Staates endgültig verzichten -

Innenminister: Halt! Dieses alte Projekt ist zwar in der Tat nicht mehr durchführbar, doch sollten wir unsere Zugeständnisse nicht erst am Ende einbringen?

Premier: Richtig. Zunächst also unsere Forderungen.

Wirtschaftsminister: Da wäre die erste und wichtigste, die unerträgliche Einschränkung unserer Bewegungsfreiheit aufzuheben. Was bedeutet, das die Israelis die Kontrollposten auf unserem Gebiet einziehen und sämtliche Straßen allen Bewohnern zugänglich machen.

Bildungsminister: Das wäre ein Zustand wie vor dem Sechstagekrieg.

Innenminister: Wo es noch keine Siedlungen auf unserem Territorium gab. Keine Landenteignungen, keine Wasserdiebstähle und keine menschenfeindliche, das Land brutal zerschneidende Mauer.

Bildungsminister: Hört sich an, als hätten damals paradiesische Zustände geherrscht. Die Zeit unter jordanischer Verwaltung war jedoch auch nicht ohne Probleme.

Premier: Keiner von uns hat sie erlebt. Ich denke aber, dass wir wenigstens unsere Würde noch besaßen, die uns die achtzigjährige israelische Besatzung genommen hat.

Bildungsminister: Die wir uns aber in den letzten Jahrzehnten wenigstens teilweise wieder erworben haben. Vor allem mit unseren klugen Bildungspolitik.

Premier: Dank unseres hochverehrten Abu al Hikma, der sie initiiert und trotz erheblicher Schwierigkeiten durchgesetzt hat. - Aber das wissen wir ja alle. Bleiben wir bei der Sache! Also absolute Bewegungsfreiheit für alle Palästinenser. Da gibt es immer noch die vielen Inhaftierten ...

Innenminister: Die sich in der sogenannten Administrativhaft befinden, müssen natürlich umgehend freigelassen werden. Zum Glück reicht ihre Zahl nicht mehr an die der frühen Jahre des Jahrhunderts heran.

Premier: Nächster Punkt: Die Mauer. Sie steht ja völlig illegal auf unserem Territorium, von dem sie auch noch erhebliche Teile abgetrennt hat.

Innenminister: Keine Frage, sie muss verschwinden. Auch wenn sie den Israelis Unsummen gekostet hat.

Bildungsminister: Wissen Sie den ungefähren Betrag?

Innenminister: Man sprach von zweieinhalb Millionen Euro pro Kilometer. Das mal siebenhundert ergibt fast zwei Milliarden. Geld, das zum großen Teil aus den USA und aus Europa kam.

Wirtschaftsminister: Was hätte man mit solcher Summe an Sinnvollem vollbringen können!

Innenminister: Solche Gedanken bringen uns nicht weiter. Wir müssen nach vorne denken. Da sehe ich auf dem Gelände dieses menschenfeindlichen, hässlichen, anachronistischen Monstrums wieder aufblühende Dörfer, in denen frohe, fleißige Menschen leben, die gute Kontakte zu ihren israelischen Nachbarn pflegen, auf deren Märkten ihre Produkte anbieten und sich freundlich begrüßen anstatt sich zu beschimpfen und zu bedrohen.

Bildungsminister: Schöne Vision. Vielleicht realisierbar. Auch die Berliner Mauer, die von den Erbauern für Jahrhunderte gedacht war, fiel nach wenigen Jahrzehnten. Doch was wird mit Jerusalem? Soll es die Hauptstadt von Israel bleiben? Der Status entsprach nie dem Völkerrecht!

Premier. Trotzdem, ich denke, ja. Aber auch die unsere! Es muss die Hauptstadt von ganz Palästina werden. Vielleicht mit einem besonderen Status, wie seinerzeit von der UNO angedacht und empfohlen. Schließlich ist diese Stadt nicht nur den paar Millionen Juden, sondern auch Milliarden Christen und Muslimen heilig. Ein Zentrum dreier Weltreligionen! Ist es da so wichtig, wo die Verwaltungen des Landes angesiedelt sind?

Bildungsminister: Richtig. Ich finde, die Juden könnten stolz sein, dass der Gott, den sie als Erste erkannt haben, nun der Herr so vieler Völker geworden ist. Gleich, mit welchen religiösen Ritualen sie ihm dienen!

Innenminister: Es wird schwer sein, mit den Zionisten hier einen Kompromiss zu finden. Wichtiger ist, die Apartheid endlich aufzuheben. Vor dem Sechstagekrieg gab es doch schon ein halbwegs funktionierendes Zusammenleben, auch wenn es mehr ein Neben- als ein Miteinander war. Da haben Tausende von uns in Israel gearbeitet. Warum soll das nicht wieder gehen? Jetzt, wo so viele unserer jungen Leute, gut ausgebildet wie sie sind, auf angemessene Arbeitsplätze warten? In Europa würden sie mit

Kusshand genommen, und leider sind ja auch schon manche dorthin ausgewandert.

Premier: Hinsichtlich der Vereinigung der beiden Wirtschaftszonen brauchen wir also die wenigsten Bedenken zu haben. Sind die administrativen Hindernisse erst einmal beseitigt, wird sich da vieles von alleine regeln.

Wirtschaftsminister: Ganz recht. Hier würde es die wenigsten Probleme geben, zumal unsere Jugend gut englisch und zum Teil sogar hebräisch spricht. Die Vorteile für beide Seiten liegen auf der Hand. Es brauchten nur die administrativen Hürden beseitigt werden. Was freilich Sache der Israelis wäre, die sich bislang alle Boden-, Bau-und Wasserrechte vorbehalten haben.

Premier: Es wird ihnen nicht leicht fallen, die aufzugeben. Andererseits – kein Frieden ist umsonst. Er ist immer das Ergebnis gegenseitiger Bemühungen um Verständnis des anderen und bedarf des Willens und der Kraft, ein Stück vom Eigenen aufzugeben.

Innenminister: Dazu brauchte es starke Persönlichkeiten, die ich im Augenblick nicht sehe.

Bildungsminister: Ich bin da optimistischer. Das jüdische Volk hat immer wieder hoch begabte Talente – auf allen Gebieten – hervorgebracht.

Innenminister: Doch leider lange Zeit nicht regieren lassen.

Bildungsminister: Darin sind sie ein Volk wie alle andern. Wie lange haben denn die Araber gebraucht, um selbstsüchtige Machtmenschen nicht mehr an ihrer Spitze zuzulassen?

Premier: Wohl wahr. Sogar die Europäer haben's erst spät geschafft. Und auch den Israelis wird es und muss es jetzt gelingen. Auch wenn es starke Widerstände geben wird.

Innenminister: Die gab es auch beim Rückzug aus dem Gazastreifen. Doch diesmal wird von niemandem verlangt, seinen Wohnsitz zu verlegen. Für die Bevölkerung in Israel würde sich ja zunächst kaum etwas ändern. Es geht erst einmal „nur" um unsere Menschenrechte, um unsere Gleichstellung, die seit Jahrzehnten

überfällig ist. Man wollte keinen eigenständigen Palästinenser-
staat und tat alles, um ihn zu verhindern. Nun sind die Territorien
dermaßen umgestaltet und verzahnt, dass nur noch ein gemein-
sames Staatswesen möglich ist. Das ist die Realität, die akzeptiert
werden muss. Wie sich dann das, was rauskommt, nennt, ist
zweitrangig und bleibt Verhandlungssache. Darüber braucht man
zunächst nicht zu reden.

Premier: Hoffentlich kommt es überhaupt zu lohnenden Ge-
sprächen!

Wirtschaftsminister: Nur keinen Pessimismus! Ich sagte doch,
man ist bereit.

Premier: Gibt es bereits einen Termin?

Wirtschaftsminister: Nein. Es wurde ausgemacht, dass wir uns
melden, sobald unsere Vorstellungen präzisiert sind.

Premier: Da wollen wir nun nicht mehr lange zögern. Machen
wir uns ans Werk, in Allahs Namen!

SZENE XVI

Tulul Abu el-Alayik, Ruinen des Herodespalasts
Mariam, David

Mariam: Wie hast du meine Handynummer gefunden?

David: Mein Geheimnis.Es war jedenfalls nicht ganz einfach.
Aber warum hast du mich hierher bestellt? Wir hätten uns doch
wieder in der Stadt treffen können!

Mariam: Erstens habe ich es hierher nicht so weit. Zweitens
sieht uns hier bestimmt niemand von unseren Leuten. Drittens
wollte ich dir zeigen, wie schön es hier einmal war, was für
bedeutende Anlagen hier es hier gegeben hat, und viertens –

David: *(lachend)* Es reicht! Genug der Gründe! Mir ist's sowieso egal, wo wir uns treffen. Wichtig ist mir nur, d a s s wir
uns treffen. Du weißt nicht, welche Freude du mir mit deiner
Zusage gemacht hast.

Mariam: So?

David: Das beweist mir, dass ich dir nicht gleichgültig bin – obwohl Israeli.

Mariam: Es könnte ja sein, dass ich auf eine raffinierte Rache sinne. Denk an die Judith, von der wir mal gesprochen haben.

David: Ich erinnere mich sehr gut. Aber eine Gräueltat trau ich dir überhaupt nicht zu. Auch bin ich weder General noch ein Politiker – ich kann nichts dafür, dass die Lage hier im Land ist wie sie ist -

Mariam: Du hast immerhin geholfen, sie aufrecht zu erhalten. Und auf Jaminas Vater ohne Grund geschossen!

David: Fang doch nicht wieder damit an! Er kommt sicher bald nach Hause!

Mariam: Schön. Was hast du sonst noch zu erzählen?

David: Etwas ganz Wichtiges. Mariam, ich liebe dich! *(Fasst sie an den Schultern und versucht, sie zu küssen. Sie entzieht sich sanft, behält aber seine Hände in den ihren.)*

Mariam: So schnell geht das nicht. Wir kennen uns noch viel zu wenig. Und überhaupt: Da ist noch ein Graben zwischen uns, tiefer als dieses Wadi! *(Sie deutet auf das Wadi el-Kelt, das die südlichen von den nördlichen Palastruinen trennt.)* Früher einmal, zu Herodes Zeiten, verband eine Brücke die beiden Seiten. Sie ist seit langem zerfallen, vielleicht auch mutwillig zerstört, wer weiß es. - Wo ist die Brücke zwischen uns? Wir leben doch in zwei verschiedenen Welten! Ihr Juden verachtet und behandelt uns Palästinenser wie einst die Samariter, die doch auch eure Verwandte waren!

David: Darüber weiß ich zu wenig. Ich weiß nur, dass Samaria zu Israel gehörte.

Mariam: Natürlich. Alles gehörte mal zu Israel! Zu Davids Zeiten sogar halb Jordanien. Aber wie lange, und wer lebte wirklich dort? Es hat genommen, was es kriegen konnte als es stark war – bis es zugrunde ging. Nun seid ihr wieder obenauf, aber gebt nur Acht, dass das nicht abermals ins Auge geht! Überheblichkeit hat sich noch immer gerächt!

David: *(lachend)* Du redest dich ja wieder in Rage. Wie gut dir das steht! Aber lieber sehe ich dich lachen. Wenn du lachst, gefällst du mir noch besser.

Mariam: Ich habe leider wenig Grund zu lachen. Das Leben unter eurer Fuchtel ist alles andere als lustig. All die Beschränkungen und widerwärtigen Schikanen … Dir hat das ja auch Spaß gemacht!

David: Schon wieder dieses Thema! Ich sagte dir doch, ich sehe die Dinge mittlerweile anders. Ja, ich schäme mich sogar für das, was ich getan und noch mehr, was ich gedacht habe. Über euch gedacht.

Mariam: Dass wir alle Terroristen sind.

David: Wenigstens potentielle. Und dass ihr niemals in der Lage sein würdet, eine ordentliche Administration, geschweige denn Regierung aufzustellen …

Mariam: Mit anderen Worten, dass wir minderwertige Menschen sind, und dass man uns zu Recht wie die Zootiere einsperrt und behandelt!

David: *(stottert)* Na … nein … nicht so direkt …

Mariam: Im Prinzip aber schon. Und mit so einer gibst du dich nun ab!

David: Ach, Mariam, ich sag es noch einmal, dass ich überhaupt nicht mehr so denke. Ich kannte doch, wie die meisten von uns, keine Palästinenser persönlich! Man hat eben die Vorstellungen, die allgemein verbreitet und im Grunde Vorurteile sind.

Mariam: Auch in Israel gibt es sachliche Berichte, liberale Zeitungen … Ja, es gibt sogar Menschen, die sich für unsere Rechte einsetzen!

David: Mag sein, doch die sind mir bislang nicht aufgefallen. Denn wie die meisten jungen Leute habe ich mich nur wenig für Politisches interessiert. Man kümmert sich um seinen Job, möchte Spaß am Leben haben und wenn man männlich ist, nette Mädchen kennenlernen.

Mariam: So wie du!

David: Na ja … Nach einer unerfreulichen Geschichte hatte ich erst mal die Nase voll und wollte vorläufig nichts mehr von Frauen wissen. Doch als ich dich sah, war mein Vorsatz hin.

Mariam: Und es hat dich nicht gestört, dass ich Araberin war?

David: Nein, Mariam, nein – nicht einen Augenblick. Ich sah nur eine schöne, höchst anmutige Frau, und es hat mich wie ein Blitz getroffen. Ich m u s s t e dich wiedersehen und kennenlernen.

Mariam: Soso. Es macht dir also nichts aus, dass ich keine Jüdin bin. Wenn das wirklich stimmt, denkst du ja wie Jesus.

David: Ich verstehe nicht -

Mariam: Du weißt, wer Jesus ist?

David: Ein Rabbi, welchen ihr für den Messias haltet.

Mariam: Genau. Er war ein Jude wie du, aber religiös sehr gebildet. Er provozierte oft die Frommen, die sich streng an die mosaischen Gesetze hielten.

David: Warum?

Mariam: Weil er aufzeigen wollte, dass die Gesetze für die Menschen da sind und nicht die Menschen für die Gesetze.

David: Das klingt vernünftig.

Mariam: Das fanden aber diese Frommen nicht. Zum Beispiel hielt er das Sabbatsgebot nicht korrekt ein, sondern heilte auch an diesen Tagen Kranke und verrichtete andere gute Taten.

David: Wieso aber soll ich wie dieser Jesus denken?

Mariam: Weil du dich wie er mit einer Frau abgibst, die keine Jüdin ist.

David: Hatte er auch eine palästinensische Freundin?

Mariam: *(lacht)* Nein. Die Palästinenser hießen damals Samariter – wir sprachen eben schon davon – , und sie wurden von den Juden ebenso verachtet und ausgegrenzt wie wir heute. Jesus aber ignorierte diese hochmütige Einstellung seiner Landsleute und begegnete den Samaritern wie ganz normalen Menschen. So ließ er sich von einer Samariterin an einem Brunnen zu trinken

76

geben – die sich übrigens über dies Verhalten eines Juden sehr wunderte – und unterhielt sich lange mit ihr. Den Brunnen gibt es heute noch, in der Nähe von Nablus. Das Stück Land, worauf er sich befindet, soll euer Erzvater Jakob von den eingesessenen Bewohnern der Region erworben haben, an denen sich seine Söhne später noch recht übel vergingen. Aber das sind Legenden, wie so vieles, was in der Bibel steht.

David: Ich hab es gern, wenn du erzählst! Und bewundere dein Wissen. Ich bin vielleicht genau so alt wie du, aber da kann ich nicht mithalten. Ich habe mich bisher mehr für die Technik und Naturwissenschaft interessiert. Nach der Militärzeit wollte ich vielleicht Ingenieur werden.

Mariam: Ein schöner Beruf, mit Zukunft!

David: Findest du?

Mariam: Ja. - Aber lass uns jetzt ein wenig die Ruinen besichtigen! *(Sie gehen langsam zwischen den Mauerresten einher.)*

David: Hier hat also der Herodes residiert?

Mariam: Ja. Die ganze Sippe. Es gab ja mehrere Herrscher mit diesem Namen.

David: Einer hat doch seiner Frau zuliebe einem Gefangenen den Kopf abschlagen lassen und ihr den dann auf einem Teller präsentiert?

Mariam: Es war tatsächlich seine zweite Frau, die den Johannes – denn so hieß der Mann – hasste und ihre Tochter, die Salome hieß und sehr schön tanzen konnte, beredete, diesen abartigen Wunsch zu äußern. So steht es in unserer Heiligen Schrift, aber es gibt darüber noch andere Versionen. Die Geschichte hat die Phantasie vieler Künstler angeregt, die sie in Gemälden festhielten und sogar zu Opernstoff verarbeiteten. Historisch verbürgt ist nur sein prophetisches Auftreten und die Gefangennahme und Hinrichtung durch Herodes.

David: Ob sich das hier abgespielt haben kann? Vielleicht lag der Gefangene in dieser Zisterne? Und da drüben, das könnte ein

Festsaal gewesen sein!

Mariam: Vielleicht ... Der Herodes hatte freilich mehrere Paläste. Obwohl ... Hier ganz in der Nähe soll er ja gewirkt haben.

David: Du meinst, dieser Johannes?

Mariam: Ja. Nicht weit von hier gibt es am Jordan eine Stelle, wo er getauft haben soll. Dort gibt es ein Kloster und mehrere Kapellen.

David: Getauft? Was ist das?

Mariam: Ach, David, das weiß doch eigentlich jeder. Alle Christen sind getauft. Es ist ein symbolischer Akt, nach dem man zu Gottes Volk gehört. So wie bei euch die Beschneidung oder das rituelle Bad der Frauen. Die Menschen wurden im Wasser untergetaucht, danach galten ihre Sünden als abgewaschen. Jetzt gießt man nur noch etwas Wasser über ihren Kopf.

David: Du bist also auch ...getauft?

Mariam: Ja. Und dabei erhält man seinen Namen.

David: Deinen Namen finde ich hübsch, und er passt zu dir.

Mariam: Wieso?

David: Ich habe mal in einem Film gehört, was er bedeutet.

Mariam: So? Was denn?

David: Die Widerspenstige, oder auch die Herbe.

Mariam: Also findest du mich herb?

David: Nein. Eine Herbe bist du nicht, aber widerspenstig!

Mariam: Ach!

David: Ja. Denn bis jetzt hast du dich nicht e i n m a l von mir umarmen lassen. Geschweige denn küssen.

Mariam: *(umarmt ihn, wehrt den Kuss aber immer noch ab)* Hab noch ein wenig Geduld! Ich mag dich, und besonders gefällt mir an dir, wie du dich verändert hast. Noch aber ist es zu früh für eine Liebe zwischen uns. Noch leben wir äußerlich und innerlich in getrennten Welten.

David: *(heftig)* Mariam, die Liebe hat schon immer alle Hindernisse überwunden!

Mariam: Ach ja? Willst du mich in der Soldatenuniform zu Haus besuchen? Wovor sämtliche Kinder Angst haben, und für die die Alten, denen ihr die Häuser zerstört, die Versehrten, die ihr zu Krüppeln gemacht habt, nur Verachtung hegen? Es ist wahr, in den letzten Jahren ist eine gewisse Entspannung eingetreten. Aber in den Köpfen, David, in den Köpfen gibt es auf beiden Seiten noch starke Ressentiments, die erst mit den seit langem überholten Zuständen in unserem Land verschwinden werden.

David: Willst du warten, bis die Veränderung im ganzen Lande eingetreten ist? Wir beide haben doch bereits begonnen umzudenken! Ich jedenfalls sehe die Welt, seit ich dich kenne, mit ganz anderen Augen. Und du verachtest mich doch auch nicht mehr!

Mariam: Das stimmt. Du bist ein anderer geworden …

David: Ist es nur das, weshalb du dich jetzt mit mir triffst? Du hast doch eben selbst gesagt, dass du mich magst!

Mariam: Das stimmt ja auch. Und ich muss aufpassen, dass ich mich nicht in dich verliebe …

David: Hoffentlich wirst du bald einmal unachtsam! Ich wäre nicht betrübt, wenn dir das widerführe.

Mariam: *(streichelt ihn)* Lass uns heut nicht weiter davon reden.Ich habe das Gefühl, dass sich in unserem Land bald etwas gründlich ändern wird.

David: Dann gibt es also Hoffnung für uns zwei!

Mariam: Und auch für Millionen andere.

SZENE XVII

Sitzungssaal der israelischen Regierung
Regierungschef, Außenminister, Innenminister, Verteidigungsminister, Bildungsminister (es ist Ahuva), Wirtschaftsminister, Justizminister, Minister für religiöse Angelegenheiten

Regierungschef: Heute möchte ich mit Ihnen über unseren

jüngsten Kontakt mit der Vertretung der Palästinenser sprechen. Das Papier mit den Punkten, über die man zu verhandeln wünscht, ist Ihnen allen zugegangen?

Alle: Ja, ja. Sicher. Starker Tobak!

Regierungschef: Gewiss ... Doch die Lage erfordert es, dass wir darüber ernsthaft diskutieren. Wir haben es seit der Gründung unseres Staats versäumt, eine Lösung des Problems der arabischen Bevölkerung anzustreben, die für diese akzeptabel ist und auch den Beschlüssen der Vereinten Nationen gerecht wird. Leider haben wir, als die Zeit dafür günstig war, die Gründung eines Palästinastaats verhindert. Statt dessen dachten wir, mit unserer Siedlungspolitik die arabischen Einwohner an den Rand oder gar ganz aus dem Land zu drücken.

Innenminister: Was uns total misslungen ist. Was einige Phantasten, wie wir meinten, vorausgesagt haben, ist Realität geworden: Nimmt man die Westbank hinzu, sind wir nun eine Minderheit im eigenen Land. Über Zahlen haben wir bereits unlängst gesprochen.

Verteidigungsminister: Und was, meinen Sie, sollen wir jetzt tun?

Innenminister: Jedenfalls müssen wir die Politik der Gewalt gewaltig ändern. Und der Gewalt endlich absagen.

Verteidigungsminister: Sie reden wie ein Pazifist! Sollen wir vielleicht die Armee oder gar die Polizei abschaffen? Das ist doch barer Unsinn!

Innenminister: Natürlich nicht. Ich bin kein Träumer. Doch der Forderung nach Aufhebung der militärischen Kontrollen in den Palästinensergebieten sollten wir nachkommen. Eine Maßnahme, die längst überfällig ist, zumal die dortige Bevölkerung sich seit Jahren für eine friedliche Entwicklung entschieden hat.

Bildungsminister: Und mit beachtlichem Erfolg! Das Bildungssystem ist mindestens so gut wie das unsere und hat ein enormes Potential an gut ausgebildeten jungen Fachleuten hervorgebracht -

80

Wirtschaftsminister: Das uns fehlt, weil unser Bevölkerungswachstum seit Jahren stagniert, genauer gesagt, stark rückläufig ist. Was wächst, ist nur die Zahl der streng Religiösen. Die aber nützen dem Staat nichts, da sie nicht arbeiten, sondern weitgehend auf seine Kosten leben.

Religionsminister: *(empört)* Was ist das für eine faschistoide Ansicht! Als ob es darum ginge, die Menschen nach ihrer Nützlichkeit zu beurteilen! Schließlich hat die Religion und die mit ihr verbundene Tradition das Judentum über die Jahrtausende erhalten!

Wirtschaftsminister: *(beruhigend)* Das ist ja richtig. Dennoch hat der Kollege auch recht. Der Anteil der nichtarbeitenden Frommen ist bedenklich hoch. Abgesehen davon, auch der Anteil der Älteren. Irgendwoher aber muss das Geld für den Staatshaushalt doch kommen! Zumal jetzt, wo der Zufluss aus dem Ausland fast versiegt ist. Unsere finanzielle Situation ist seit langem desolat ...

Regierungschef: Gibt es in absehbarer Zukunft Chancen, sie zu ändern?

Außenminister: Nicht, wenn wir unseren politischen Kurs beibehalten. Der Appell der UNO an die Staatengemeinschaft, uns Kredite und Investitionen zu verweigern, solange wir keine ernsthaften Anstalten machen, das Palästinenserproblem endlich zu lösen, zeitigt für uns in der Tat fatale Auswirkungen. Man boykottiert uns zwar noch nicht direkt, hält sich aber auf dem finanziellen Sektor mit Kontakten zunehmend zurück.

Verteidigungsminister: *(verdrießlich)* Die UNO ist uns noch nie hilfreich und wohlgesinnt gewesen. Hätten wir ihre Entschließungen artig befolgt, umfasste unser Staat noch immer nur den schmalen Landstrich der ersten Jahre, und Jerusalem läge immer noch im Ausland. Vielleicht gäbe es uns heute gar nicht mehr.

Bildungsminister: Und ohne die UNO hätte es unseren Staat nie gegeben!

Regierungschef: Meine Herren, was soll dieser unfruchtbare Schlagabtausch! Kommen wir zu den Problemen der Gegenwart zurück. Frage: Wie ist denn die Stimmung in der Bevölkerung?

Innenminister: Ein großer Teil der Menschen ist pessimistisch – man hat keine Vorstellungen, wie es weitergehen soll. Die Geschäfte gehen schlecht, der so wichtige Außenhandel hat sich deutlich verringert, und die Insolvenzen nehmen ständig zu. Der Druck von außen wird als bedrohlich empfunden, man fühlt sich isoliert und ist ratlos, kämpft sich mühsam durch den Alltag und erhofft sich nicht mehr viel von der gegenwärtigen Regierung. Dafür werden es in der letzten Zeit immer mehr, die mit den Rechtsradikalen sympathisieren, welche die Schuld an den misslichen Zuständen den Arabern und der Politik ihrer Staaten geben und alle, die nicht so denken wie sie, für Verräter und Defätisten erklären. Ihr Hass gilt besonders jenen Kreisen, die sich für ein friedliches, gerechtes Zusammenleben mit den Palästinensern einsetzen.

Religionsminister: Wie hoch ist der Anteil dieser Illusionisten an der Gesamtbevölkerung?

Innenminister: Ich würde sie nicht Illusionisten, sondern Realisten nennen. Sie sind, wie in vielen Ländern, natürlich in der Minderheit. Immerhin hält sich ihre Zahl mit der der extremen Rechten etwa die Waage.

Regierungschef: Wie sieht es bei u n s e r e n Arabern aus?

Innenminister: Die israelischen Araber halten sich vornehm zurück. Ihnen geht es verhältnismäßig gut. Doch kann man davon ausgehen, dass sie sich mit ihren Verwandten in der Westbank nach wie vor solidarisch fühlen. Mit revolutionären Aktionen ist bei ihnen aber nicht zu rechnen.

Regierungschef: Nun liegt das Papier mit den Forderungen der palästinensischen Administration vor, und Sie haben es alle gelesen. Ich bitte um Ihre Meinung dazu. *(Allgemeines Gemurmel)* Ja bitte, meine Herren, ich hätte gerne Ihre Ansichten gehört. Egal was Sie darüber denken – wir müssen eine Antwort finden!

Außenminister: Würden wir die unterbreiteten Vorschläge akzeptieren, fänden wir gewiss weltweit Zustimmung.

Innenminister: Allerdings nicht die der Mehrheit unserer Bevölkerung.

Religionsminister: Jedenfalls ganz bestimmt nicht die der eingefleischten Zionisten und des größten Teils der Religiösen. Eine wie auch immer vollzogene Vereinigung mit den Palästinensern ist für diese Bürger undenkbar. Bei der Realisation solch eines Unterfangens ist mit ihrem entschiedenen Widerstand – bis hin zur Gewalt – zu rechnen.

Regierungschef: Hm. Kann man sich denken. Aber spekulieren wir erst einmal weiter. Was meint der Wirtschaftsminister? Wie würde sich die vorbehaltlose Eingliederung der Palästinenser in unseren Staat und unsere Wirtschaft auswirken?

Wirtschaftsminister: Es ist schwer, das vorauszusagen. Doch kann ich mir vorstellen, das ein Zustrom von qualifizierten Arbeitskräften – die die Araber ja zur Genüge haben – zu einem neuen Aufschwung führen könnte. Abgesehen davon, dass in den Palästinensergebieten ein gewaltiger Nachholbedarf an Investitionen jeder Art besteht. Nicht nur die Baubranche hätte auf Jahre hinaus gut zu tun.

Regierungschef: Was sagt der Verteidigungsminister?

Verteidigungsminister: Tja … Angenommen, wir kämen mit den Palästinensern überein, dann hätten wir keine Feinde mehr. Jedenfalls in den uns umgebenden arabischen Staaten. Selbst der Iran hätte keinen Grund mehr, seine antiisraelische Gesinnung beizubehalten -

Bildungsminister: Wir könnten den Verteidigungshaushalt herunterschrauben und brauchten unsere jungen Leute nicht mehr in ihren besten Jahren vom Studium und von der Ausbildung fernzuhalten. Ein Traum von Generationen ginge in Erfüllung, wenn -

Innenminister: - wenn er sich verwirklichen ließe. Aber da sind doch so viel reale Hindernisse …

Regierungschef: Zum Beispiel?

Innenminister: Zum Beispiel die Jerusalemfrage. Unsere ewige Hauptstadt. Auch die Palästinenser wollen sie ja unbedingt als ihre Hauptstadt haben.

Bildungsminister: Wenn sie wie wir Bürger eines Staats in Palästina wären, wäre Jerusalem natürlich auch ihre Hauptstadt. Das heißt ja nicht, dass alle Verwaltungen sich dort befinden müssten. Ramallah kann ja Sitz der Regionalregierung bleiben.

Innenminister: Auf dieser Basis könnte man sich in der Tat einigen. Jerusalem – die Hauptstadt des einen Staates in Palästina … Selbst die starrköpfigsten Konservativen könnten dieser Lösung zustimmen. *(zum Religionsminister)* Oder nicht, Herr Kollege?

Religionsminimister: Ich weiß nicht … Das alles sieht doch nach einer Aufgabe unserer absoluten Souveränität in diesem Staate aus, was sehr vielen nicht gefallen würde.

Regierungschef: Wir werden tatsächlich die Macht mit den palästinensischen Einwohnern unseres Landes teilen müssen – darum geht es ja! Und dass wir um dieses Problem nicht mehr länger herumkommen. Die Frage ist nur, wie intelligent wir es lösen. Was sagt der Justizminister dazu? Sicher gibt es jede Menge juristischer Schwierigkeiten?

Justizminister: Wohl wahr. Bislang haben wir ja in diesem Land zwei Rechtssysteme, das unsere und das der Palästinenser, das auf deren Gebieten Anwendung findet. Im Fall einer Vereinigung müsste man beide Systeme gründlich reformieren – eine gewaltige Aufgabe. Im Übrigen ist das unsere ohnehin seit langem schon reformbedürftig, wie wir ja alle wissen.

Bildungsminister: *(leicht erregt)* Genau. Zum Beispiel das Familienrecht! Es kann doch nicht sein, dass immer noch Ehen zwischen Juden und Nichtjuden nur im Ausland geschlossen werden können, und dass nach Stammbäumen gefragt wird, wenn jemand auf einem jüdischen Friedhof beigesetzt werden soll. Von den vielen anderen religiösen Vorschriften abgesehen, welche die Orthodoxie hartnäckig versucht, allen Bürgern aufzuzwingen. In

84

welchem Jahrhundert leben wir denn? Unsere Gründungsväter hatten niemals vor, eine Gottesstaat zu errichten! Wohin solch ein Unternehmen führt, haben wir ja am Iran gesehen.

Religionsminister: *(sehr selbstbewusst)* Immerhin ist es ein bedeutender Teil unserer Bevölkerung, der ein der Halacha gemäßes Leben führen möchte. Und wohin es führt, wenn unser Volk Gott vergisst, haben wir ja auch gesehen. Im Übrigen, auch wenn sie nicht streng gläubig ist, fühlt sich doch die übergroße Zahl der Juden in der Tradition verwurzelt.

Bildungsminister: Ja. Doch sie möchte auch in Frieden leben. Und der ist nun mal ohne eine Einigung mit den nichtjüdischen Menschen dieses Landes nicht zu haben. Und die Einigung nicht, ohne ihnen endlich gleiche Rechte wie den Juden einzuräumen.

Verteidigungsminister: Sie und der Premier reden so, als ob es keine Alternative zu der hier diskutierten Lösung gäbe. Noch sind wir doch erwiesenermaßen Herr der Lage! Ich kann keinen akuten Anlass sehen, sich auf diese, vorsichtig formuliert, kühnen Vorschläge - oder sind es Forderungen? - der palästinensischen Seite einzulassen. Hundert Jahre haben wir diesen Staat gegen eine Welt von Feinden behauptet, und nun sollen wir ihn mit diesen Gojim, diesen Islamisten teilen, das heißt, ihn aufgeben?

Regierungschef: Wir haben doch ausführlich erörtert, in welcher Situation wir uns befinden. Und Sie haben selbst einen der Vorteile genannt, der sich aus der Neuordnung unseres Verhältnisses zu der Bevölkerungsmehrheit ergeben würde.

Bildungsminister: Leben wir auf unserem alten Staatsgebiet nicht längst ganz friedlich miteinander? Die Araber akzeptieren sogar fügsam unsere für sie nicht immer günstigen Gesetze, feiern mit uns unsere Feste und laden Israelis zu den ihren ein. Warum soll das, was in Israel recht gut gegangen ist, nicht auch in Palästina gehen? Seit den Reformen Abu al Hikmas hat sich das Bildungs- und Ausbildungsniveau der Menschen dort bewundernswert entwickelt! Doch ewig kann der Dampf in diesem Kessel nicht unter unserem Deckel gehalten werden.

Regierungschef: Das haben wir ja festgestellt. Die Frage ist nur, wie wir das Problem lösen …

Bildungsminister: Ich sage es noch mal: Wir kommen nicht umhin, den Palästinensern die gleichen Rechte wie den Israelis einzuräumen.

Innenminister: Dagegen werden nicht nur die extremen Rechten und die Religiösen Sturm laufen – die Mehrheit der Bevölkerung wird sich damit nicht abfinden wollen. Solch ein Schritt würde kaum zu beherrschende Unruhen im Lande auslösen.

Verteidigungsminister: Auch die Reaktion unserer Armee ist nicht abzusehen!

Bildungsminister: Gewiss. Und dennoch – dass Risiko müssen wir eingehen. Manchmal muss eine Regierung Entscheidungen treffen, die erst einmal im Volk keine Zustimmung findet. Ich erinnere an unseren Rückzug aus dem Gazastreifen, oder die Einführung der gemeinsamen Währung in Europa. Wir können den Palästinensern die Rechte nicht mehr verwehren, die wir für uns in allen Ländern der Welt ganz selbstverständlich in Anspruch nehmen.

Religionsminister: Dies aber ist ein Sonderfall! Die Existenz unseres Staates steht auf dem Spiel! Alles das, was wir jahrzehntelang mit Fleiß, Intelligenz und großen Opfern aufgebaut haben!

Bildungsminister: Das muss man nicht so sehen. Ich würde sagen, wir lassen endlich die nichtjüdischen Menschen, deren Heimat wie für uns Palästina ist, am normalen Leben in diesem Lande teilhaben. Vieles, was wir erreicht haben, ging übrigens auf ihre Kosten. Darum ist es nur billig, sie von dieser Entwicklung mit profitieren zu lassen. Über die Vorteile, die u n s der Zuwachs an gut ausgebildeten Neubürgern bringen würde, haben wir ja ausführlich gesprochen. Zeigen wir doch einfach einmal wieder Gottvertrauen! Wie viele Verheißungen gibt es in unseren heiligen Schriften für die Gerechten?

(Allgemeines Schweigen)
Regierungschef: Tja. Dem kann man freilich nicht widersprechen. Geschrieben steht aber auch: Bewahre Umsicht und Klugheit. Und: Es gibt eine Klugheit, die Bitternis schafft …
Bildungsminister: Die Bitternis wird sich nicht ganz vermeiden lassen. Aber wir können sie in Grenzen halten, wenn wir die Bevölkerung gründlich über unsere verfahrene Lage und die Vorteile der beschlossenen Lösung aufklären. Und den Menschen klar machen, dass der Gerechtigkeit Frucht der so lange ersehnte Frieden sein wird, wie es bei unserem Propheten Jesaja heißt.

SZENE XVIII

Etwa ein Jahr später. Das Café in Jericho. Es ist gut besetzt, die Menschen sind in merklich froher Stimmung. *Mariam und David an dem Tisch, an dem sie vor einem Jahr gesessen hatten.*

David: Wer hätte das für möglich gehalten! Es ist kaum mehr als ein Jahr vergangen, seit wir uns das erste Mal sahen, und nun sitzen wir ganz unbefangen beieinander, und unserer Liebe steht nichts mehr im Wege. Ich bin so glücklich! *(Er ergreift Mariams Hände und schaut ihr verliebt in die Augen.)* Und du?
Mariam: *(lächelnd)* Ja. Ich auch. Wie sich alles verändert hat! Nicht zuletzt ein bestimmter israelischer Soldat, der einmal sehr verächtlich auf die Palästinenser herabgeblickt hat …
David: Auf dich habe ich nie verächtlich herabgeblickt! Vom ersten Augenblick an, wo ich dich sah!
Mariam: Das stimmt nicht ganz. Als wir mit dem kranken Hussein an dem Kontrollpunkt, den es heute nicht mehr gibt, angehalten wurden, hast du mich gewiss nicht wahrgenommen, sondern nur die feindlichen Palästinenser in uns gesehen. Und dann auf den armen Fathi geschossen.
David: Nun gut, das stimmt. Aber dann, in eurem Haus, bist du mir gleich aufgefallen.

Mariam: Weil ich kein Kopftuch trug!

David: Auch. Doch vor allem, weil du so schön bist!

Mariam: Danke! Und du bist mir aufgefallen, weil du so böse und unbeherrscht warst.

David: Und doch hast du dich mit mir eingelassen!

Mariam: Was blieb mir übrig? Ich musste ja mit dir ins Hospital fahren! Und da habe ich gemerkt, dass in dem scheinbar gefühllosen Soldaten doch ein Mensch steckt. Freilich, wenn Hussein oder Fathi nicht überlebt hätten, dann …

David: Zu meinem Glück geht es ja beiden wieder gut. Der Junge geht inzwischen mit Begeisterung zur Schule, und sein Vater hat sogar eine Arbeit gefunden. - Wie geht es eigentlich Djamila? Ich habe sie lange nicht mehr gesehen!

Mariam: Seit der letzten Schulreform hat sie unwahrscheinlich viel zu tun. Es gibt noch nicht genug Lehrer, die das Neuhebräisch unterrichten können. Und bei der großen Schülerzahl, die wir haben, muss man auch die Nachmittage nutzen. Deshalb kommt sie erst spät nach Hause.

David: Ja, über einen Mangel an Kindern könnt ihr euch nicht beschweren. Bei uns sieht das anders aus. Wenn nicht die orthodoxen Frommen wären, gäbe es irgendwann keine Israelis mehr.

Mariam: Das sind doch die, die sich so massiv gegen die Wende in der Politik gewehrt haben?

David: Auch. Aber die Schlimmsten waren die radikalen, religiös motivierten Siedler. Dass es trotz aller heftigen Protestaktionen gelungen ist, die Neuordnung überall durchzusetzen, ist schon ein Wunder. Es wird freilich noch eine ganze Weile dauern, bis diese Menschen Ruhe geben.

Mariam: Meinst du, sie sind immer noch gefährlich? Man hört so manches, was sie unseren Leuten, die die leeren Wohnungen in den Siedlungen beziehen wollen, angetan haben.

David: Das wird sich mit der Zeit schon geben. Immerhin darf niemand mehr – außer der Polizei – eine Waffe tragen.

Mariam: Ein Glück! Ein Glück auch, dass es keinen allzu großen Aufruhr bei euch gegeben hat!

David: Ja, die Regierung ist wirklich sehr geschickt vorgegangen. Die Israelis im alten Staatsgebiet haben die Veränderungen zunächst kaum bemerkt.

Mariam: Ja, auch weil wir uns so diszipliniert verhalten haben! Wir nämlich haben die Veränderungen wohl bemerkt.

David: Das glaube ich. Die Kontrollposten sind einer nach dem anderen weggefallen, und wo es sie noch gab, waren sie auf einmal höflich und zuvorkommend. Sogar die Mauer ist an einigen Stellen bereits beseitigt worden …

Mariam: Du kannst dir gar nicht vorstellen, was das für uns für ein beglückendes Gefühl war, nicht mehr bewacht, bevormundet und eingeschränkt zu sein. Ohne Furcht vor schikanösen Kontrollen auf die Felder, in ein anderes Dorf oder eine andere Stadt gehen zu können. Du weißt nicht, wie viele unserer Familien getrennt gewesen sind und sich jahrelang nicht sehen konnten! Und wie freudig sie die ungewohnte Freiheit und das Wiedersehen mit ihren Verwandten und Freuden gefeiert haben …

David: Wie viele es waren, weiß ich tatsächlich nicht, aber die Freude über die neue Freizügigkeit erlebe ich ja auch! Schließlich kannte ich ebenfalls einen lieben Menschen hinter der Mauer, den ich nicht so ohne weiteres besuchen konnte.

Mariam: *(scherzend)* Ach so? Und wer war das?

David: Das war, nein ist die schönste Frau, die ich kenne und über alles liebe. *(Er ergreift wieder ihre Hand)* Und von der ich hoffe, sie liebt mich auch. Tut sie's?

Mariam: Das verrät sie nicht.

David: Was muss ich tun, damit sie es mir sagt?

Mariam: Du musst mit ihr ein bisschen wandern!

David: Wandern? Warum nicht! Mit dir gerne. Wenn's sein muss, bis ans Ende der Welt!

Mariam: Das wäre bis vor kurzem gar nicht weit gewesen. Jetzt aber ist es Gott sei Dank nicht mehr zu finden.- Ich zeige dir heute etwas anderes. Lass uns gehen, eh' es zu spät wird. *(Sie ste-*

hen auf, David legt das Geld für die Bedienung auf den Tisch)
David: Hoffentlich führst du mich jetzt nicht in die Wüste! Da
wäre es mir zu heiß!
Mariam: Keine Bange. Ich führe dich nur in Versuchung.
David: Das tust du ja dauernd! Doch was willst du jetzt damit
sagen?
Mariam: Wart's ab und komm!

SZENE IXX

Auf dem Gipfel des Djebel Qarantal. *Mariam, David*

David: Meintest du mit der „Versuchung" die Seilbahn? Dann
bin ich ihr total erlegen – bei dieser Hitze hättest du mich nur mit
großer Überredungskunst dazu bewegt, hier heraufzukraxeln.
Mariam: *(scherzend)* Eben wolltest du noch bis ans Ende der
Welt mit mir gehen! Da sieht man wieder mal, was die
Beteuerungen der Männer taugen! - Doch im Ernst: Mit der
Versuchung hat es hier noch eine andere Bewandtnis. Ich werde
es dir gleich erklären. Schau dich erst einmal um!
David: *(steigt auf einen der umher liegenden antiken Trüm-
mersteine und blickt sich um)* In der Tat, eine herrliche Aussicht!
Mariam: Nicht wahr, ein schönes Land! Da das Jordantal, grün
und fruchtbar, dort das öde, trockene judäische Gebirge … Es gibt
Tage, da kann man von hier bis nach Jerusalem sehen!
David: *(zeigt auf die Trümmer)* Woher stammen die Ruinen?
Mariam: Das war mal eine Festung der Makkabäer. Das ist die
Herrscherfamilie, der ihr das Chanukkafest verdankt, soviel ich
weiß.
David: Ach ja, die Wiedereinweihung des Tempels … Und was
ist mit diesen alten Gemäuern, die sich da unten auf halber Höhe
an den Felsen drücken?
Mariam: Das ist ein Kloster, das griechische Mönche an der
Stelle errichtet haben, wo Jesus sich vierzig Tage aufgehalten ha-

90

ben soll, nachdem er im Jordan getauft worden war. Deshalb der Name Qarantal, was vierzig bedeutet.

David: Vierzig, die heilige Zahl ... Das Volk Israel ist vierzig Jahre durch die Wüste gewandert, ehe es sich in dem verheißenen Lande niederließ -

Mariam : Niederließ ist gut! Es hat das Land erobert!

David: Das war halt damals so.

Mariam: Grausame Zeiten. Doch jetzt sind wir dreitausend Jahre weiter. Da gibt es Völkerrecht und Menschenrechte ...

David: Politisierst du wieder? Wir wollten doch das Unschöne, das war, vergessen und und an dem, was nun geworden ist, zusammen freuen!

Mariam: Hast ja recht, Schatz, entschuldige. Es passiert mir manchmal halt noch unwillkürlich.

David: Ich verzeih's dir. Ihr habt es ja wirklich nicht leicht gehabt. - Nun sag mir aber endlich, wie du versprochen hast, ob du mich so wie ich dich liebe liebst!

Mariam: *(lacht)* Ja, David, das tue ich. Und du weißt es längst. Willst es nur immer wieder hören! *(Sie gibt ihm einen langen, dicken Kuss)* Zufrieden?

David: Hm. Für den Augenblick. - Was hat es nun mit der Versuchung auf sich, von der du sprachst?

Mariam: Ach, es ist der andere Name dieses Berges. Während Jesus hier fastete, trat der Satan an ihn heran und wollte ihn auf die Probe stellen.

David: Was tat er?

Mariam: Er sagte: 'Wenn du Gottes Sohn bist, so mach doch aus diesen Steinen dort Brot.' Denn er wusste, dass Jesus Hunger hatte.

David: Konnte Jesus natürlich nicht!

Mariam: Darauf kam es nicht an. Später hat er ja Wunder vollbracht.

David: Worauf kam es denn an?

Mariam: Jesus sagte, dass der Mensch nicht vom Brot allein lebe, sondern von jedem Wort, das aus dem Munde Gottes kommt.

David: Das bedeutet?

Mariam: Ich denke, er wollte sagen, dass der Mensch mehr braucht als das, was für die Befriedigung der körperlichen Bedürfnisse erforderlich ist. Er braucht auch menschenwürdige Bedingungen in seinem Umfeld, die durch Freiheit, Gerechtigkeit, Achtung und Liebe entstehen ... Das sagt Gott durch den Mund seiner Propheten, deren Worte in den heiligen Schriften aufgezeichnet sind. Im Koran ebenso wie in der Bibel.

David: Hm. Das war ja beinah eine Predigt. Aber es stimmt, was du sagst. Das alles ist genauso wichtig wie das Essen. Wobei mir im Moment die Liebe freilich am wichtigsten ist! *(Er küsst Mariam wieder)* Und dir?

Mariam: *(Sie sieht David liebevoll an, schlingt ihren Arm um seine Hüfte und geht mit ihm langsam zum Rand des Plateaus)* Wie schön die Sonne das Land jetzt in rosige Farbe taucht!

David: Wie schön, dass dies nun unser beider Land ist ...

FSC
www.fsc.org
MIX
Papier | Fördert
gute Waldnutzung
FSC® C083411

Zeitfracht Medien GmbH
Ferdinand-Jühlke-Straße 7
99095 Erfurt, Deutschland
produktsicherheit@kolibri360.de